Mit Kolt und Degen

Die Autorin

Unter dem Pseudonym Elfride Stehle schreibt und veröffentlicht Frieda E. Heidi Stolle seit 2012 Gedichte und Kurzgeschichten in verschiedenen Anthologien. Die in Cottbus geborene Autorin lebt seit 1974 mit ihrer Familie in der Oberlausitz.

Ihre Bücher »Lust auf Blütenduft und mee(h)r …« und »Wenn Worte anklopfen …« erschienen im Karina Verlag, Vienna. Dort wirkte die Autorin auch an vielen Anthologien mit, u.a. an der Reihe »Jedes Wort ein Atemzug«. Der Erlös dieser Bücher geht zu 100 Prozent an die Gewaltopferhilfe in Österreich.

Im Dezember 2018 veröffentlichte sie ihr viertes Buch »Der Mond knipst die Sterne an«, erstmalig im Selfpublishing.

Besuchen Sie sie doch einmal auf ihrer Homepage:

http://elfride-stehle-schreibt.jimdo.com

Elfride Stehle

Mit Kolt und Degen

Ein nicht ganz ernst zu nehmender Krimi

Bibliografische Information der Deutschen Nationalbibliothek: Die Deutsche Nationalbibliothek verzeichnet diese Publikation in der Deutschen Nationalbibliografie; detaillierte bibliografische Daten sind im Internet über http://dnb.d-nb.de abrufbar.

Satz und Layout: Elfride Stehle
Bilder: pixabay
Coverbildquelle: pixabay
Covergestaltung: easyCover BoD

Die Personen, Orte und Handlungen in dieser Geschichte sind frei erfunden. Ähnlichkeiten mit lebenden oder verstorbenen Personen wären rein zufällig und nicht beabsichtigt.

Herstellung und Verlag:
BoD – Books on Demand, Norderstedt.
ISBN: 978-3-74-817540-7

Wir haben eine Leiche

Es gibt Menschen, die hat der liebe Gott nicht mit Schönheit gesegnet. Zu diesen Menschen gehört Esra Kolt. Esra ist klein, von rundlicher Gestalt, hat zu lange Arme und zu große Füße. Ihr rundes Gesicht wird durch die buschigen Augenbrauen und einem leichten Oberlippenbart nicht unbedingt schöner – im Gegenteil. Die Natur hat es also nicht besonders gut mit ihr gemeint. Jedenfalls würde sie gewiss keinen Schönheitswettbewerb gewinnen. Esra verdreht bei diesem Gedanken die Augen. Und die Lippen – wenn man sie als solche überhaupt bezeichnen kann – sind zwei schmale Striche, die Nase und Kinn voneinander trennen. Manchmal hat Esra schon mit dem Gedanken gespielt, ihre Lippen aufspritzen zu lassen. Nur fehlt ihr dafür das nötige Kleingeld. Und der Versuch, mit einem dunkelroten Stift ihrem Mund eine schönere Form zu geben, scheitert gründlich. Dann schaut sie jedes Mal entgeistert in den Spiegel, so wie jetzt. Um ihr Spiegelbild besser betrachten zu können, muss sie sich auf die Zehenspitzen stellen. Ihr Vormieter scheint ein Riese gewesen sein, geht es ihr durch den Kopf, denn für ihre anderthalb Meter ist der Spiegel eindeutig zu hoch angebracht. »Hm, als Clown bekäme ich vielleicht den Hauptpreis, aber nicht als Ermittlerin in einem

Mordfall. Womöglich würde man mich noch für die Täterin halten«, murmelt sie nachdenklich vor sich hin. Doch in dieser Gegend, in die es sie mehr durch Zufall verschlagen hat, gab es schon lange keine Verbrechen mehr, nicht einmal einen Mord, wie ihr die Vermieterin ihrer Ein-Zimmer-Wohnung berichtet hatte.

»In diese Einöde verläuft sich kein Mensch, geschweige ein Verbrecher«, sagte Frau Martha Schlegel bei Esras Einzug vor genau drei Wochen. Bis dahin hatte Esra noch nicht einmal gewusst, dass es einen Ort mit dem Namen Hintertupfingen überhaupt gibt. Wie das schon klingt - *Hintertupfingen*. Solch ein Ort mit so einem merkwürdigen Namen, der kann nur klein und abgelegen von jeglicher Zivilisation sein. Trotzdem war sie überglücklich, sofort nach ihrer Polizeiausbildung eine Anstellung bekommen zu haben. Zwar nur in einer kleinen Detektei, aber immerhin. »Jeder fängt mal klein an«, hatte ihre Mutter noch beim Abschied zu ihr gesagt. Esra Kolt schaut noch einmal in den Spiegel, weil heute, an ihrem ersten Arbeitstag, am 1. September, alles perfekt sein soll. Sie will gerade den verrutschten Lippenstift korrigieren, als es Sturm klingelt. Wer kann das sein? Hastig knotet sie den quittegelben Bademantel über ihrem nackten Bauch zusammen, eilt barfuß zur Wohnungstür und öffnet. Sie erschrickt. Vor ihr steht ihr neuer Arbeitgeber, Herr Degen – groß, schlank, im eleganten Nadelstreifenanzug und mit Schlips und Kragen – halt ein typischer Büromensch.

»Was machen Sie denn hier?«, rutscht es Esra etwas vorlaut heraus. Eine Sekunde später hält sie sich die Hand vor den Mund und fragt schüchtern: »Hab ich etwa die Zeit verpasst?« Sie sieht ihren Chef von der Detektei *Degen und Ko* abwartend an. Doch der schüttelt sein graumeliertes Haupt. »Keine Angst, Frau Kolt, es ist erst viertel vor acht, Sie haben also noch genügend Zeit. Ich komme aus einem ganz anderen Grund … aber wollen wir das im Hausflur besprechen?«

»Oh, nein, nein, Verzeihung, Herr Degen«, stottert Esra und macht mit der Hand eine einladende Bewegung. Der Mann folgt ihr und schließt die Wohnungstür hinter sich. Esra rafft eilig die Sachen zusammen, die auf dem Sofa verstreut herumliegen und wirft sie schnell ins Bad. Verlegen lächelnd bittet sie ihren Chef, Platz zu nehmen. »Entschuldigen Sie bitte meinen Aufzug und die Unordnung hier, ich wohne erst seit …«

Degen winkt lächelnd ab. »Ich weiß, ich weiß, Frau Kolt.« Dann wird er ernst. Er nimmt ihren Arm und zieht sie sanft zum Sofa. »Setzen Sie sich, denn was ich Ihnen jetzt zu sagen habe, könnte Sie womöglich umhauen.« Degen blickt in weit aufgerissene Augen, während er neben seiner Assistentin Platz nimmt.

Nervös zieht Esra den Knoten ihres Gürtels noch fester, bevor sie mit zittriger Stimme fragt: »Was ist passiert, Herr Degen, ist was mit meiner Mutter? Ist sie krank, oder …?« Das Herz klopft ihr bis zum Hals, und aus ihrem Gesicht weicht sämtliche Farbe.

Wieder winkt Herr Degen ab. »Nein, es hat nichts mit ihrer Familie zu tun. Und ich denke schon, dass dort alles in Ordnung ist – aber, wir haben eine Leiche – jedenfalls ist der hiesige Bürgermeister verschwunden.«

Degen schweigt. Er betrachtet seine junge Assistentin aufmerksam. So genau kann er sie noch nicht einschätzen. Muss er etwa damit rechnen, dass sie in Ohnmacht fällt? Aber nichts dergleichen geschieht. Esra wechselt nur ihre Gesichtsfarbe – von Weiß nach Rot.

Dann erhebt sie sich, baut sich vor Degen auf und sagt, mit sich überschlagender Stimme: »Eine Leiche? Na endlich! Von wegen, hier passiert nichts!« Und schon steht Esra an der Wohnungstür. Sie wendet sich zu Degen um und ruft: »Worauf warten Sie noch, Herr Degen? Kommen Sie schon!«

Doch der bleibt sitzen und sagt in aller Seelenruhe:

»Wollen Sie sich nicht erst etwas anziehen, liebe Kollegin?« Die junge Frau schaut ihn irritiert an, dann an sich herunter und rührt sich nicht vom Fleck. Es dauert eine gefühlte Ewigkeit, bis der Mann im Nadelstreifenanzug begreift und verlegen stammelt: »Verzeihung, ich warte natürlich draußen.«

Als er bereits die Türklinke in der Hand hat, dreht er sich noch einmal um und nuschelt, nach einem kurzen Blick auf seine Armbanduhr: »Jetzt haben wir es um acht, sagen wir, in zehn Minuten unten vor dem Haus? – Ach, und Frau Kolt, machen sie auch Ihren Mund sauber!«

Esra nickt heftig und verschwindet schnell in ihrem Bad. Beinahe wäre sie über ihre Sachen gestolpert. Die legt sie schnell auf den Toilettendeckel. Dann schaut sie sich in ihrem Bad um. Es ist nicht nur klein, nein, man kann es eher als winzig bezeichnen. Nur mit Waschbecken und Toilette ist der fensterlose Raum ausgestattet. Fast hätte sie aus diesem Grund die Wohnung nicht genommen. Doch dann wäre auch ihre Arbeitsstelle futsch gewesen. Das wollte sie auf gar keinen Fall riskieren. Aber ein ausgiebiges Wannenbad mit viel Schaum, wie sie es von zu Hause her kennt, blieb erst einmal ein Wunschtraum, jedenfalls für die Dauer ihrer Probezeit. Wie es danach weiter geht, weiß sie nicht, und ob sie hier auf Dauer bleiben wird, auch nicht – hier, in Hintertupfingen, wo sich Fuchs und Hase gute Nacht sagen. Doch so ein Vollbad, wie es immer ihre Mutter für sie bereitet hat, das hätte schon was, denkt sie verträumt.

Hoffentlich ist mit Mama alles in Ordnung, überlegt Esra mit einem Mal. Die letzten zwei Wochen hat sie nichts von ihr gehört. Kurz nach ihrem Umzug hatten sie noch einmal miteinander telefoniert, und Esra erfuhr von der Gallenkolik ihrer Mutter. Wie es ihr jetzt gehen mag, davon hat sie keine Ahnung – »Mist! Warum hab ich nicht noch einmal angerufen? Das muss ich gleich heute Abend nachholen.«

Zumindest nimmt es sich Esra fest vor. Doch jetzt haben andere Dinge Priorität.

Wieder stellt sie sich auf die Zehenspitzen. Darin hat sie mittlerweile Übung. Entsetzt sieht sie ihren verschmierten Mund. »Oh Gott, was muss Herr Degen von mir gedacht haben«, murmelt sie leise vor sich hin. Mit einem Tempotaschentuch wischt sie energisch über ihre Lippen und verschmiert die rote Farbe nur noch mehr.

Seufzend lässt sich Esra auf die Fersen fallen und greift nach der Nivea Schachtel. Sie tupft Ober- und Unterlippe und alles Drumherum dick mit der Creme ein, um dann später die Lippenstiftfarbe besser entfernen zu können. Diesen Trick hat sie von ihrer Mutter. Doch jetzt heißt es erst einmal, sich anzukleiden.

Zehn nach acht verlässt Esra das Haus, um gleich darauf zu ihrem Chef ins Auto zu steigen. Er gönnt seiner Assistentin nur einen flüchtigen Blick aus den Augenwinkeln, startet den Wagen und wenige Minuten später sind sie am Ziel angelangt. Dort macht er vor einem Dreiseitenhof, dem letzten am Ortsende, Halt. Er steigt aus und hält Esra galant die Autotür auf. Alte Schule, denkt sie noch amüsiert, als er plötzlich lauthals zu lachen beginnt. Wie vom Donner gerührt starrt Esra ihn an. Degen aber kann sich kaum beruhigen. »Meine liebe Frau Kolt. Was haben Sie denn jetzt mit Ihrem Mund angestellt? Und … hahaha, warum kommen Sie auf Strümpfen? Ich bin ja schon schusselig, aber Sie übertreffen alles.«

Esra bleibt der Mund offen stehen. So sitzt sie eine ganze Weile da, was sie noch komischer aussehen lässt. Dann schaut sie auf ihre Füße und wird krebsrot im Gesicht.

»Welche Schuhgröße haben Sie?«, fragt Degen. Er öffnet bereits den Kofferraum.

»42«, kommt es wie aus der Pistole geschossen.

»Passt«, meint er trocken und reicht Esra ein paar schwarze Herrenlederschuhe. Er selbst zieht sich

Gummistiefel an und stapft einfach davon. Seine Assistentin schnuppert erst einmal an den Schuhen, verzieht ihr Gesicht und versucht schließlich, ohne die Schnürsenkel zu lösen, hineinzukommen. Nach mehreren Versuchen gelingt es ihr, und sie stolpert ihrem Chef in Richtung Stallgebäude hinterher.

Als sie durch die Stalltür tritt, schlägt ihr Ammoniakgestank entgegen. Sie hält sich die Nase zu. Das Quieken von Schweinen lässt Esra fast ertauben. Jetzt hält sie sich mit beiden Händen die Ohren zu. Dann entdeckt Esra ihren Chef, der sich sehr angeregt mit einer relativ jungen und recht großen Frau unterhält. Diese steckt in grauen Arbeitsklamotten und roten Gummistiefeln. Blonde Locken schauen unter einem bunten Kopftuch hervor. Und hübsch ist sie, denkt Esra mit einem leichten Anflug von Neid.

Als die Frau in Esras Richtung blickt, verstummt sie, und in ihrem Gesicht macht sich ein Grinsen breit. Die Detektivassistentin gibt aber auch ein lustiges Bild ab. In ihrem viel zu engen rosafarbenen Kostüm hat sie Ähnlichkeit mit einer Presswurst. Und dazu die schwarzen Herrenschuhe, die ihre Füße noch größer erscheinen lassen. Und was hat sie nur mit ihrem Mund gemacht, wundert sich die Frau mit dem bunten Kopftuch. Degen, der sich ebenfalls ein Schmunzeln verkneifen muss, will die prekäre Situation seiner neuen Kollegin retten. Deshalb steckt er ihr schnell ein Papiertaschentuch zu und flüstert: »Entfernen Sie die weiße Creme, oder was das auf Ihrem Mund auch sein mag!« Hastig wischt Esra damit über ihre Lippen und wirft das Tuch in die Box zu den Schweinen, die gleich wieder ein Quiek-Konzert beginnen.

Während Esra sich genervt erneut die Ohren zuhält, stellt Degen sie der Bäuerin als seine Mitarbeiterin vor. Und zu Esra gewandt sagt er: »Und das ist Frau Boldt, die Bäuerin von diesem Hof.«

Widerwillig reicht Esra dieser Frau die Hand, die noch immer ihr breites Grinsen mitten im Gesicht trägt. Blöde Kuh, denkt Esra ärgerlich, während Degen unbeirrt weiterspricht. »Und wir wurden hierhergerufen, weil Frau Boldts Bruder spurlos verschwunden ist.«

Aha, ihr Bruder also, und warum grinst die dann so einfältig?

In Esras Innern nimmt die Wut immer größere Dimensionen an. Sie wirft der Frau, dessen Bruder angeblich verschwunden sein soll, einen bitterbösen Blick zu, der sich auch nicht verflüchtigt, als sie der Bäuerin die Frage stellt: »Seit wann ist Ihr Bruder weg – oder anders gefragt, wann haben Sie ihn zuletzt gesehen?« Der Detektiv spaziert derweil gedankenverloren durch den Stall. Ihm scheint der Gestank nichts auszumachen. Esra jedoch, die auf eine Antwort von der Bäuerin hofft, wünscht sich weit weg von diesem stinkenden Ort.

Die Sachen muss ich später in die Reinigung bringen, überlegt sie mit verkniffenem Gesichtsausdruck und eilt in Richtung Stalltür. Dabei fällt ihr Blick nach rechts in den Futtertrog, wo sie etwas Buntes glänzen sieht. Könnte das etwa ein Feuerzeug sein? Ohne den Blick von diesem Gegenstand zu lösen, fragt Esra: »Raucht Ihr Bruder, oder Ihr Mann – wo ist der überhaupt?« Als sie keine Antwort erhält, wendet sie sich ruckartig um, doch die Bäuerin hat schon heimlich den Stall verlassen. Auch Herr Degen ist wie vom Erdboden verschluckt.

Esra schüttelt verwundert den Kopf.

»Ach was soll's«, murmelt sie vor sich hin und beugt sich kurzentschlossen über die Holzstange, welche Schweinebox und Gang voneinander trennt. Nur bekommt sie dieses bunte Teil nicht zu fassen. Wieder verflucht sie ihr Schicksal, so klein geraten zu sein.

»Was zum Teufel ist das?«

Sie beugt sich noch weiter vor und streckt den rechten Arm aus – soweit ihr das gelingt. Da verliert Esra das Gleichgewicht und macht im Futtertrog der Schweinebox eine Bauchlandung.

»Igitt!«, schreit sie voller Ekel auf und ist im Nu von drei Schweinen umringt. Esra wird schwarz vor Augen …

»Haallo, Frau Boldt, warten Sie bitte. Ich muss mit Ihnen reden!«

Die Bäuerin schaut sich nur kurz um und behält ihr Tempo bei. Der Detektiv legt einen Zahn zu. Als er die mit ihm gleichgroße Frau endlich eingeholt hat, versucht er, mit ihr Schritt zu halten, was ihm nur mit Mühe gelingt.

»Ich hab überhaupt keine Zeit, lieber komme ich morgen in Ihr Büro.«

»Nein Frau Boldt, Sie werden mir gleich ein paar Fragen beantworten, und zwar in Ihrem Büro!«

Degen japst nach Luft. Ich muss wieder mehr Sport treiben, geht es ihm durch den Kopf. Da waren sie auch schon angelangt. Achselzuckend schließt Frau Boldt die Tür auf und betritt vor Degen das Büro. Dort setzt sie sich demonstrativ hinter ihren Schreibtisch, auf dem nicht nur der Computer steht, sondern auch eine große Flasche mit einer hellen Flüssigkeit. Trinkt sie etwa, fragt sich der Detektiv, nimmt dann aber, noch immer nach Luft ringend, auf dem kleinen Ledersofa links vor dem Fenster Platz und lehnt sich mit hinterm Kopf verschränkten Armen zurück. Abwartend sieht er die Bäuerin nun an. Doch Frau Boldt denkt gar nicht daran, mit dem Detektiv zu sprechen.

»Gut, Frau Boldt, dann werde ich Ihnen jetzt ein paar Fragen stellen.«

Er nimmt ein kleines Heft und einen Stift aus der Innentasche seines Jacketts, schlägt die Beine übereinander und betrachtet die Bäuerin mit ernster Miene.

»Als erstes interessiert es mich, wann Sie Ihren Bruder zuletzt gesehen haben.«

»Vorgestern – nein, warten Sie, vor drei Tagen.«

»Also am Montag, und wo? War er hier, oder im Rathaus?«

Die Bäuerin schweigt.

»Frau Boldt – wo war Ihr Bruder?« Degen runzelt die Stirn und klappert nervös mit dem Bleistift auf seinem Heft herum. Schließlich schimpft er los: »Herr Gott nochmal, Frau Boldt, jetzt lassen Sie sich doch nicht jedes Wort einzeln aus der Nase ziehen!«

Die Augenlider der Frau beginnen zu flackern. Sie reißt das Tuch vom Kopf und verknotet es. Die Nervosität ist ihr nicht nur äußerlich, sondern auch am Zittern der Stimme anzumerken.

»Wissen Sie, Herr Degen, mein Bruder ist mit seinen vierzig Jahren erwachsen genug, um auf sich selbst aufzupassen. Wir sehen uns höchstens einmal in der Woche. Wenn er sich nicht für heute bei mir angemeldet hätte, wäre mir sein Verschwinden gar nicht aufgefallen.«

»Weshalb wollte er kommen, gleich das zweite Mal in dieser Woche? Gab es einen bestimmten Grund dafür?«

Sie schüttelt den Kopf.

»Nein, nicht das ich wüsste.«

»Gab Ihnen das nicht zu denken?«, hakt Degen nach.

Wieder schüttelt die Frau den Kopf.

»Das passiert schon mal, dass mein Bruder öfter kommt – seit ...«

Der Detektiv horcht auf. Er unterbricht sein Gekritzel und schaut sein Gegenüber nachdenklich an.

»Seit? – Seit wann – Frau Boldt?«

Sie kneift die Lippen zusammen und schweigt beharrlich.

»Wo ist Ihr Mann?«, will er jetzt von ihr wissen.

Die Bäuerin sieht ihn mit großen wunderschönen Augen an, die ihn normalerweise schwach machen würden, jedoch nicht, wenn er im Dienst ist.

Degen kann ein leichtes Zucken um ihre Mundwinkel erkennen. Das ist nur ein winziger Moment, aber er hat nach jahrelanger Detektivarbeit gelernt, die Mimik seiner Klienten zu deuten.

Irgendetwas verheimlicht sie mir …

»Was weiß ich, wo der steckt. Habe ihn seit Ewigkeiten nicht mehr gesehen.«

»Leben Sie getrennt?«, fragt Degen und sieht die Bäuerin erstaunt an.

Sie schüttelt wieder nur den Kopf. Plötzlich greift sie nach der Flasche und trinkt gierig ein paar Schlucke.

Degen bekommt davon nichts mit, denn er kritzelt gerade etwas in sein kleines Heft. Als er wieder aufschaut, bemerkt er, dass Frau Boldt mit teilnahmsloser Miene vor sich hin starrt. Auch dabei denkt er sich noch nichts. Er erhebt sich, legt das Heft auf den Schreibtisch und stellt sich breitbeinig, mit dem Rücken zum Zimmer, vor das Fenster. Beim Blick hinaus beginnt Degen zu schmunzeln, denn, was er da sieht, ist kaum zu beschreiben. Seine Assistentin kommt auf das Bürogebäude zu gerannt. Wo kommt die denn plötzlich her, und wie sieht sie überhaupt aus? Und was hat sie in der Hand? Degen kann sich das nicht erklären …

***

Als Esra wieder zu sich kommt, sieht sie in zwei kleine Schweinsäuglein. Sofort schließt sie ihre Augen wieder. Dann blinzelt sie zaghaft, zuerst mit dem linken dann mit dem rechten Auge. Aber das fette Schwein ist noch immer da.

Esra sieht, dass das Tier etwas im Maul hat. Was ist das, wundert sie sich und streckt vorsichtig ihre Hand danach aus. Schnell fasst sie zu und schreit auch schon »Aua!«

»Verdammt, beinahe hätte mich das Vieh gebissen. Jetzt aber nix wie weg«, flucht sie und versucht, aus dem Schweinetrog zu krabbeln. Voller Hektik steigt sie mit ihren viel zu kurzen Beinen über die Holzstange der Absperrung, stolpert und fällt der Länge nach hin.

Mühsam rafft sie sich auf und verlässt fluchtartig den Stall. Erst draußen an der frischen Luft, die sie tief einatmet, riskiert sie einen Blick auf das Ding, welches sie dem Schweinemaul entrissen hat. Beim genaueren Hinschauen erkennt sie, dass es kein Feuerzeug ist – sie erstarrt und lässt es fallen. Dann übergibt sie sich, und zu dem Schweinemist auf ihrer Kleidung gesellt sich jetzt noch Erbrochenes. Aber das ist ihr inzwischen egal. Sie stinkt sowieso meilenweit gegen den Wind.

Von der Farbe Pink ihres Kostüms ist absolut nichts mehr zu erkennen. Auch Degens schwarze

Schuhe haben einen neuen Farbton bekommen.

Esra schaut sich suchend um, dabei dreht sie sich immer wieder um ihre eigene Achse, bis sie endlich das verlorene Teil entdeckt. Sie bückt sich danach, und tatsächlich, es ist ein ... erneut spürt sie einen Würgereiz, schluckt, greift sich das Corpus Delikt und hält es zwischen Daumen und Zeigefinger hoch in die Luft. So stürmt sie auf das Bürogebäude zu, nimmt die drei Stufen auf einmal, als sich auch schon die Tür von Innen öffnet. Esra stürzt, dank physikalischer Fliehkraft, an ihrem Chef vorbei. Erst der Schreibtisch bremst ihren Flug, jedoch nicht den des Fingers. Der segelt über die Bäuerin hinweg und landet hinter ihrem Stuhl auf dem Fußboden. Ungeachtet dessen bleibt Frau Boldt mit ihrem Kopf auf der Schreibtischplatte regungslos liegen. Sie rührt sich keinen Millimeter. Esra umklammert krampfhaft die Tischkante und schaut sich hilflos nach ihrem Chef um, der gerade die Tür schließt, statt sich um sie zu kümmern. Doch warum sollte Degen das tun? Ihren Flug hätte er nicht verhindern können. Und statt ihr zu helfen, schiebt er sie einfach auf die Seite, fühlt den Puls am Hals der Bäuerin und schüttelt wortlos seinen Kopf.

Dann wählt Degen eine Nummer auf seinem Handy. Wozu hat er schließlich einen Kumpel, der mal forensischer Mitarbeiter beim Gericht war? Bevor er nämlich die Pferde scheu macht, muss der erst einmal kommen. Das mit dem Finger kann ja ganz harmlos sein. Aber warum ist jetzt die Bäuerin tot? Oder lebt sie noch?

Degen zieht zwei Latexhandschuhe aus seiner Jackentasche, reicht einen davon seiner Kollegin und stülpt den anderen über seine rechte Hand. Dann nimmt er die Flasche, schnuppert am Inhalt und steckt sie in eine Tüte, die er aus der anderen Jackentasche zaubert.

In einer zweiten Tüte verstaut er den Finger, den ihm seine Assistentin kurz zuvor mit ausgestreckter Hand und vor Ekel verzerrtem Mund übergeben hat.

»Müssen wir nicht einen Krankenwagen rufen?«, fragt Esra zögerlich und zeigt auf die Bäuerin.

»Wozu?«, brummelt ihr Chef, »die ist doch hinüber.« In dem Moment ist ein Stöhnen zu hören. Die Köpfe von Kolt und Degen schnellen herum. Beide stehen gleichzeitig neben Frau Boldt und starren auf den Nacken der Bäuerin.

Die richtet sich mühsam auf, murmelt: »Herrmann war's« und sackt sofort wieder in sich zusammen.

»Was war Herrmann – wer ist Herrmann überhaupt? Frau Boldt … Ihr Mann?«

Degen rüttelt an ihrer Schulter. »Nun sagen Sie

schon!«

Aber die Bäuerin sagt nichts mehr. Sie stöhnt weiter vor sich hin und wird immer blasser.

Esra steht einen Moment wie erstarrt daneben. Doch dann reagiert sie als erste. Entschlossen hebt sie den Hörer des Bürotelefons ab und wählt die 112.

Degen, der noch immer mit der linken Hand Frau Boldts Schulter umklammert hält, nimmt mit der rechten seiner Assistentin den Hörer ab und horcht angespannt auf die leise Frauenstimme, die sich am anderen Ende meldet: »Feuerwehr Hintertupfingen, mit wem spreche ich?«

»Hier Degen vom Detektivbüro *Degen und Ko*«, sagt er mit lauter, etwas ungehaltener Stimme.

»Wir, also meine Assistentin Frau Kolt und ich, befinden uns auf dem Dreiseitenhof von Frau Boldt. Wir brauchen einen Krankenwagen, und zwar hurtig, wenn's geht!«

»Kommt sofort«, hört er noch, dann hat die Frau aufgelegt.

Als es kurz darauf an der Tür klopft, lässt Degen die Schulter der Bäuerin los und murmelt: »Die sind aber schnell.«

Ein etwas untersetzter Mann um die Dreißig betritt den Raum. Ach Moritz. An ihn hatte er schon gar nicht mehr gedacht.

»Na, was hast du wieder für mich, mein Freund?«, will der junge Mann wissen und sieht neugierig zu Esra rüber, die an der Wand lehnt. Noch immer ist ihr schlecht und noch immer sieht sie blass aus. Degen, der den Blick seines Kumpels verfolgt, winkt ab. »Das ist nur meine neue Assistentin, Frau Kolt – aber schau mal, was ich hier habe«, und er drückt Moritz beide Tüten in die Hand. »Diese Flasche muss auf Gift untersucht werden, und bei dem Finger bin ich mir nicht sicher, ob er von unserem Bürgermeister stammt. Der Gute ist nämlich spurlos verschwunden.«

»Und das soll ich für dich erledigen?«, fragt Moritz mit hochgezogenen Augenbrauen, »und natürlich wieder am Gesetz vorbei. Du weißt schon, dass ich mich dafür weit aus dem Fenster lehnen muss, und nicht zum ersten Mal, mein Lieber! Was kriege ich dafür?«

»Einen freundlichen Schlag auf die Schulter kannst du bekommen – also, was soll die Frage! Sind wir Freunde, oder sind wir Freunde? Wir können ja mal ein Bier trinken gehen.«

Degen schüttelt verständnislos seinen grauen Kopf und lässt sich auf das Sofa fallen.

Moritz rollt mit den Augen. »Schon gut, aber was ist mit der?«, und er macht eine Kopfbewegung in Richtung Schreibtisch.

»Ach die – die ist scheintot.«

»Scheintooot?« Moritz verliert sofort sämtliche Farbe aus seinem, ohnehin farblosen, Gesicht, setzt sich neben seinen Freund auf das Sofa und springt sogleich wieder hoch.

»Das kannst du mit mir nicht machen, jetzt rufen wir die Kripo«, und schon tippt er die Nummer in sein Handy.

Degen lacht kurz auf und haut ihm das Teil aus der Hand. »Quatsch!«, ruft er, »sie lebt, und der Krankenwagen müsste auch gleich kommen – hörst du? Da ist er schon.«

Esra, die sich inzwischen wieder etwas erholt hat, spurtet zur Bürotür und reißt sie sperrangelweit auf. Da erscheinen auch schon zwei Männer mit einer Trage, die sie mitten im Raum abstellen. Ein dritter Mann, vermutlich der Arzt, folgt ihnen.

»Wo ist die Patientin?«, fragt er.

Degen macht nur eine Kopfbewegung zum Schreibtisch.

Zehn Minuten später ist Frau Boldt auf dem Weg ins Krankenhaus. Der Arzt hatte keinerlei Fragen gestellt. Vielleicht, weil er den kritischen Zustand der Bäuerin erkannte, oder weil er die Patientin bereits kannte? Aber egal, sagt sich Degen, jetzt muss Moritz erst einmal die Flasche und den Finger untersuchen.

»Moritz, machst du das nun für mich?«, fragt er deshalb noch einmal seinen Kumpel, der sich sehr angeregt mit Esra unterhält.

»Ja, ja, mache ich. Mir bleibt doch nichts anderes übrig. Ich gebe dir heute noch Bescheid – spätestens morgen Mittag«, und schon rauscht er raus. Jedoch nicht, ohne Esra noch einmal zuzuzwinkern. Doch bevor diese das überhaupt richtig registrieren kann, wird sie von Degen aus ihren Gedanken gerissen. »So liebe Kollegin, wir zwei Hübschen gehen jetzt noch einmal in den Stall. Vielleicht haben wir ja etwas übersehen, oder was denken Sie?«

Esra nickt nur, nimmt Frau Boldts Schlüssel vom Schreibtisch und folgt ihrem Chef nach draußen.

Bevor sie das Büro abschließt, wirft sie noch einen letzten Blick hinein und stutzt … dann drückt sie die Tür wieder weit auf und geht mit langsamen Schritten bis zum Schreibtisch, hinter dem sich an der Wand ein hohes schmales Holzregal mit Büchern befindet. Warum bemerke ich das erst jetzt, wundert sich Esra.

Eine innere Stimme aber sagt zu ihr: ›Esra, schau hinter das Regal.‹ Und im selben Moment packt sie das Regal rechts und links mit beiden Händen an. Sie versucht, es nach vorn zu ziehen. Doch es passiert nichts. Nachdenklich legt sie den Kopf etwas schräg, summt »Ob-la-di-ob-la-da« vor sich hin, und fasst jetzt nur die rechte Seite des Regals an – zieht und zerrt – doch wieder nichts. »Hmmm«, brummelt Esra und fährt sich mit der rechten Hand durch ihr halblanges rotes Haar, welches übrigens ihr ganzer Stolz ist. Um ihre Lockenpracht wurde sie von ihren Mitschülerinnen immer beneidet. Esra seufzt verträumt bei der Reminiszenz. In ihre so schönen Gedanken hinein platzen Degens Worte wie Donnerschläge: »Wo bleiben Sie denn? Die Arbeit macht sich nicht von allein, auch kriege ich langsam Hunger!« Esra geht auf die Meckerei ihres Chefs nicht weiter ein, sondern antwortet nur: »Chef, können Sie mal mit anpacken? Zu zweit könnten wir es schaffen, dieses Regal von der Wand zu lösen.«

»Warum das denn?«, murrt Degen und bleibt mitten im Zimmer stehen.

»Dann eben nicht«, seufzt Esra und müht sich weiter ab. Plötzlich fällt sie auf die Knie. »Auaaa«, schreit sie auf. Sie rührt sich nicht mehr.

»Haben Sie sich wehgetan«, ruft ihr Chef entsetzt, und schon hockt er neben seiner Assistentin. »Das blutet, bleiben Sie liegen, bin gleich zurück.«

Bleiben Sie liegen – na, der war gut. Esra denkt gar nicht daran, liegen zu bleiben. Sie streckt ihre linke Hand aus und versucht, sich an einem Buch festhaltend hochziehen. Doch was ist das? Sie staunt, als sich das Regal plötzlich bewegt. Neugierig wirft sie einen Blick dahinter, kriecht auf allen Vieren vorwärts und immer weiter in die Dunkelheit hinein ...

Als Degen mit einem Pflaster in der Hand zurück ist, bleibt er in der offenen Tür stehen und sieht sich suchend um. »Frau Kolt, wo stecken Sie?« Nichts. – Er wirft einen neugierigen Blick hinter die noch immer offene Bürotür. – Wieder nichts. – Nachdem er sie geschlossen hat, bückt er sich, um unter den Schreibtisch zu schauen. – Auch hier ist keine Frau Kolt. Degen stemmt beide Arme in die Hüften. Genervt ruft er, so laut er kann: »Frau Esra Kolt, das ist nicht witzig ... wo haben Sie sich versteckt? ... sind Sie für solche Scherze nicht zu alt? ... jetzt kommen Sie schon!« Schließlich wird dem Detektiv klar, dass sich seine Assistentin nicht versteckt hat. Nun gerät er ins Grübeln. In dem Augenblick bewegt sich, wie von Geisterhand, das Wandregal. Esra, einen ihrer Schuhe hochhaltend, kommt zum Vorschein.

»Chef«, sprudelt es auch schon aus ihr heraus, »Sie können sich nicht vorstellen, was ich gerade entdeckt habe.«

»Ihren, das heißt, meinen Schuh?«, antwortet der Detektiv trocken und setzt sich auf das Sofa. Dabei hält er das Pflaster noch immer zwischen Daumen und Zeigefinger und wartet ab, bis sich seine Assistentin zu ihm gesetzt hat. Neugierig sieht er sie an. Esra aber beugt sich, mit dem Kopf nach unten, vor und zieht sich zuerst den Schuh wieder an. Danach betrachtet sie in aller Ruhe ihr zerschundenes Knie. Dann streckt sie den rechten Arm weit nach hinten und wackelt mit den Fingern.

Degen bleibt regungslos sitzen und grinst, was Esra zu seinem Glück nicht sehen kann.

»Chef, nun geben Sie mir schon das Pflaster!«, kommt es ungeduldig von unten.

»Lassen Sie mal, das mache ich.« Gleich darauf kniet der große Mann vor seiner Assistentin. Empört entreißt sie ihm das Pflaster. »Also, Herr Degen, was soll das? Noch bin ich in der Lage, mich alleine zu verarzten.«

Beide Handflächen abwehrend in die Höhe haltend springt ihr Vorgesetzter auf und murmelt: »Okay, okay, liebe Kollegin, ich mache ja nichts – wollte Ihnen keineswegs zu nahe treten!«

Trotzdem bleibt er stur neben Esra stehen. Als sie sich endlich wieder aufrichtet und zu ihm aufschaut, fragt er: »Also, was haben Sie nun entdeckt?«

Esra räuspert sich, steht auf und zerrt an ihrer

Kostümjacke herum – vielleicht in der stillen Hoffnung, ihre Schwimmringe wegzuzaubern? Als sie merkt, dass das keinen Zweck hat, lehnt sie sich rücklings an den Schreibtisch, hält sich mit beiden Händen an der Tischkante fest und schaut Degen tief in die Augen, um gleich darauf den Blick zu senken. Sie sagt: »Aaalso Chef, Sie werden es mir nicht glauben, was ich hinter diesem Bücherregal entdeckt habe.«

»Vielleicht doch. Dazu müssten Sie es mir erst einmal erzählen.«

Esra räuspert sich erneut, allerdings ohne an ihrer Jacke herumzuzuppeln. Dann setzt sie sich wieder auf das Ledersofa, blickt ihren Chef nachdenklich an und fährt sich verlegen mit der Hand durch ihr Haar. Plötzlich flüstert sie: »Chef, ich glaube, ich weiß, wo der Bürgermeister sein könnte.«

»Wo?«

In dem Augenblick ertönt ein Klingeln. Degen greift ärgerlich nach seinem Handy und hält es an's Ohr. »Ja, hier die Detektei ‚Degen und Ko' – wer ist denn dort?« Als er das Gespräch beendet hat, sieht er seine Assistentin ernst an und läuft zur Tür. Dort wendet er sich noch einmal um und winkt ihr, ihm doch endlich zu folgen. Esra stolpert in den viel zu großen Herrenschuhen hinter ihm her. Ich muss bald aus diesen Dingern raus.

Kaum sitzt sie neben Degen im Auto, braust er auch schon davon, so dass es die Assistentin regelrecht in den Sitz drückt.

»Fahren Sie doch um Himmelswillen langsamer!«

»Das geht nicht, wir müssen zum Flughafen.«

»Flughafen«, ruft Esra entsetzt, »was wollen Sie denn dort?«

»Wie spät ist es, Frau Kolt?«

»Warten Sie – gleich …«, sie versucht, ihren Ärmel hochzustreifen, »es ist genau dreizehn Uhr.«

Der Detektiv drosselt die Geschwindigkeit und schnauft: »Dann ist es zu spät. Er ist uns entkommen.«

»Wer ist uns entkommen?«

»Später, jetzt erst einmal ins Büro«, und schon startet Degen ein riskantes Wendemanöver. Esra vernimmt nur noch quietschende Bremsen hinter sich. Degen scheint das völlig kalt zu lassen. Ohne einen Blick in den Rückspiegel tritt er das Gaspedal bis zum Anschlag durch. Esra schielt zu ihm rüber. Völlig entnervt ruft sie: »Warum zum Teufel rasen Sie so? Halten Sie sofort an!«

Wie auf Kommando bremst er scharf. Sie stehen genau vor der Klinik.

Esra betrachtet ihren Chef von der Seite, der bei laufendem Motor einfach sitzen bleibt.

»Sie müssen das nicht gleich wörtlich nehmen,

Chef, das mit dem Anhalten.«

Degen winkt ab. »Ich will nur wissen, wie es Frau Boldt geht.«

Das fällt dem jetzt ein? Will der mich etwa in dieser Aufmachung zu unserer Klientin schicken? Der spinnt wohl!

»Frau Kolt, steigen Sie bitte aus. Wir sehen uns später im Büro.«

Widerwillig folgt die Detektivassistentin dieser Aufforderung. Mit verkniffenem Gesichtsausdruck und gesenktem Kopf stapft sie in den viel zu großen Schuhen zum Klinikgebäude. Sie ist wütend. Einfach nur wütend.

Wie ich zum Büro komme, hat er mir aber nicht verraten, denkt sie grimmig, während sie den Klinikeingang passiert. Eine herannahende Schwester nennt ihr die Zimmernummer, ohne sie auch nur eines Blickes zu würdigen, was Esra mit Erleichterung registriert. Nicht einmal auf ihren Dienstausweis hat die Schwester geschaut. Weder nach links noch nach rechts blickend läuft Esra den Gang entlang, bis sie von einer Wand gestoppt wird. Seufzend macht sie kehrt und bleibt vor der Nummer 14 stehen. Esra klopft und öffnet vorsichtig die Tür des Krankenzimmers. »Hallo Frau Boldt«, flüstert sie, da die gute Frau zu schlafen scheint. »Ja«, kommt es genauso leise aus dem Bett, welches direkt neben dem Fenster steht. Esra ist froh darüber, dass die Bäuerin allein in dem Zimmer liegt. Auch sieht es so aus, als könnte sie ihr ein paar Fragen stellen.

Und Esra hat Fragen. Doch zuvor schnappt sie sich den einzigen Stuhl, stellt ihn neben das Bett und reicht der Frau die Hand. »Hallo Frau Boldt, wie geht es Ihnen denn inzwischen? Sie haben uns vielleicht einen Schrecken eingejagt. Mein Chef, Herr Degen, schickt mich. Es geht um Ihren Bruder, der verschwunden ist. Darf ich Ihnen noch ein paar Fragen stellen?«

Die Frau nickt und zeigt auf ihr Kopfkissen. Esra schaut sich kurz das Kopfteil des Bettes an und findet schließlich den Mechanismus, um es höher zu stellen. Dann rückt sie noch das Kissen zurecht und setzt sich abwartend auf den Stuhl. Als Frau Boldt sie ansieht, faltet Esra ihre Hände im Schoß und beginnt: »Ist Ihnen der Geheimgang bekannt?«

»Welcher Geheimgang?«

»Nun, der in Ihrem Büro.«

Sprachlos blickt Frau Boldt die Detektivassistentin an, bevor sie mit einer Gegenfrage kontert: »Wo in meinem Büro soll ein Geheimgang sein?«, sie zögert einen Moment, »ich habe keine Ahnung, wovon Sie sprechen.«

Das nehme ich ihr nicht ab, also dann anders.

»Gut, dann frage ich anders – das Bücherregal hinter Ihrem Schreibtisch kennen Sie?«

»Ja, was ist damit?«

Will die mich veräppeln?

»Okay Frau Boldt, aber so kommen wir nicht weiter. Was hat es mit … Moment, mein Telefon!«

Esra geht aus dem Zimmer, um ungestört reden zu können. Auf dem Gang ist niemand zu sehen. Das Haus scheint wie ausgestorben.

»Hallo Chef, was gibt es so Wichtiges? Ich befrage gerade die Bäuerin … echt? … also kein Gift, sondern nur ein Schlafmittel? … hm, und was ist mit dem Finger? … Sie machen Witze … ja, ich frage den Arzt, wann Frau Boldt entlassen wird, gut, also bis dann.«

Zwei Stunden später sitzt Esra im Büro der Detektei ihrem Chef gegenüber. Die Füße tun ihr weh. Immerhin musste sie vom Krankenhaus zum Büro laufen, und das in den Quadratlatschen ihres Chefs. Degen betrachtet seine neue Kollegin nachdenklich und kann sich ein Schmunzeln kaum verkneifen. Wie kann man nur so schräg aussehen? Dabei kann sie was. Hat ja auch mit ›Auszeichnung‹ ihren Abschluss gemacht – ist hier völlig fehl am Platz, ach was sag ich, bei der Poli…

»Chef, ist irgendetwas?«, fragt Esra und fährt sich nervös mit den Fingern durch ihr Haar. Degen schüttelt den Kopf.

»Wirklich nicht?«, bohrt Esra nach. Weil Degen noch immer nicht antwortet, fragt sie ohne Umschweife: »Also Chef, was ist nun mit dem Finger? Das mit der Schaufensterpuppe nehme ich Ihnen nicht ab, das hätte ich doch gemerkt!«

Vor ihrem geistigen Auge erscheint wieder der Geheimgang mit dem Sessel und einem hübschen Mann. Der hätte ihr direkt gefallen können …

»Nicht, wenn der Finger so täuschend echt angefertigt wurde. Ich hab's doch auch nicht geschnallt, liebe Kollegin, und das will was heißen«, platzt Degen in Esras Gedanken.

Da klopft es an der Tür.

»Herein«, ruft Degen, als sich auch schon die Tür einen Spalt breit öffnet, durch den sich ein Mann in Postuniform schiebt. Er hat einen Brief in der Hand.

»Herr Degen?«

Degen nickt.

»Der Detektiv Degen?«

Wieder nickt Degen.

»Das soll ich Ihnen bringen, von einer gewissen Frau Boldt aus dem Krankenhaus.« Der Postmann, reicht ihm den Brief und wendet sich wieder zur

Tür. Degen betrachtet erstaunt das Kuvert, dabei schaut er in das ebenfalls verblüffte Gesicht seiner Kollegin.

Kaum ist der Postbote weg, öffnet er den Brief und holt ein DIN A4-Blatt heraus mit einem kleinen Zettel als Anhang, auf dem folgendes in Handschrift geschrieben steht:

‚Sehr geehrter Herr Degen,

nachdem Ihre Assistentin bei mir war, wurde mir klar, dass ich nicht länger schweigen darf. Deshalb übergebe ich Ihnen mein Geständnis, welches ich gleich nach dem Verschwinden meines Bruders verfasst hatte. So erfahren Sie alles, was wann, wie passiert ist und warum.

Übergeben Sie das bitte der Polizei.

Ich kann nicht mehr …‘

Wortlos reicht Degen seiner Assistentin den Papierschnipsel.

Sie liest den Text wieder und wieder, während ihr Chef das eigentliche Schreiben kurz überfliegt.

»Esra!«

Die Detektivassistentin blickt erstaunt auf.

Bisher hatte Degen sie noch nie beim Vornamen genannt.

»Esra«, beginnt Degen erneut, »ich werde das Geständnis von unserer Klientin, oder soll ich eher sagen, von unserer Täterin? – ach wissen Sie was, ich lese es Ihnen einfach mal vor:

‚GESTÄNDNIS

Ich, Marita Boldt, geborene Zander, am 11.11.1980 in Hintertupfingen auf diesem Bauernhof zur Welt gekommen, gestehe, meinen Ehemann, Herrmann Boldt und meinen Bruder, Bernd Zander, getötet zu haben. Ich wollte immer Kinder. Das wusste Herrmann auch, als wir vor sieben Jahren geheiratet hatten. Gleich nach der Hochzeit setzte ich die Pille ab. Da ahnte ich noch nicht, dass sich mein Mann zwei Jahre zuvor hat sterilisieren lassen. Erst, als ich mich untersuchen ließ, weil ich nach fünf Jahren immer noch nicht schwanger war, wurde ich langsam misstrauisch. Bei mir war alles in bester Ordnung. Ich hätte eine ganze Fußballmannschaft bekommen können, wenn, ja wenn ich nicht so einen Schlappschwanz von Mann gehabt hätte. Richtig misstrauisch wurde ich aber, als Herrmann sich absolut nicht anschickte, zum Arzt zu gehen, um sich auch untersuchen zu lassen. Immer wieder bettelte ich darum, aber er dachte überhaupt nicht daran. Als ich beim wöchentlichen Hausputz einen Brief von einer bekannten urologischen Klinik fand, hatte ich eine leise Ahnung. Es ging einfach nicht anders – ich musste wissen, was in diesem Brief stand. Für mich brach eine Welt zusammen. Aber es kam noch schlimmer. Ich erfuhr auf merkwürdigem Wege, dass mein Mann schwul war. Zwei Tage, nachdem ich den besagten Brief gefunden hatte, erwischte ich Herrmann mit meinem Bruder Bernd in eindeutiger Pose bei uns im Schlafzimmer. Genau, mein Mann und mein Bruder waren ein Liebespaar. Es hatte jedenfalls den Anschein. Das war zu viel für mich. Zuerst wollte ich beide zur Rede stellen, aber als mir bewusst wurde, dass sie mich gar nicht bemerkt hatten, reifte in mir ein Plan. Schließlich haben alle beide meinen Kinderwunsch zunichte gemacht. Das sollten sie mir büßen.'«

Der Detektiv legt den Brief zur Seite und greift nach seinem Handy ... »Hallo Moritz, ich bin's, kannst du herkommen? Gut, dann bis nachher.«

Degen hüstelt leicht und nimmt das Blatt wieder zur Hand.

»Wo war ich stehen geblieben? Ach ja – ‚das sollten sie mir büßen. Mein Mann hatte in wenigen Tagen Geburtstag, seinen Fünfzigsten. Und er liebte das Ausgefallene. So organisierte ich eine Feier der Superlative. Ich habe immer seine Geburtstage organisiert. Kommen sollte alles, was Rang und Namen hatte. So lud ich sein gesamtes Kollegium der wissenschaftlichen Fakultät ein, der er seit zwanzig Jahren als Direktor vorstand. Als besonderen Clou gab ich eine spezielle Schaufensterpuppe in Auftrag, die so echt aussehen sollte, dass man sie nicht von einem Menschen unterscheiden konnte. Und der wirkliche Clou war, dass es sich um einen hübschen Burschen handelte. Sogar ich war hin und weg, als mir diese Puppe geliefert wurde. Nein, ich brauchte dieses tolle Exemplar von Mann nicht für die Feier. Die Gäste bekamen sie gar nicht zu Gesicht. Es sollte eine ganz besondere Überraschung nur für meinen Ehemann werden. Zum Glück waren weder Bernd noch Herrmann beim Anliefern dieser Puppe zugegen. Mein Bruder war zu dem Zeitpunkt in seinem Rathaus, und mein Mann langweilte sich im Büro der Fakultät. Aber langweilen sich Beamte nicht immer? Doch Spaß beiseite. Wie gesagt, die Zwei bekamen nichts mit.

Die Puppe, ich nannte sie Emil, ließ ich in mein Büro bringen. Nur ich wusste von der Geheimtür hinter meinem Bücherregal. Als Kind hatte ich einmal meinen Vater dabei beobachtet, wie er gerade die Weihnachtsgeschenke für uns verstecken wollte. Ich hütete das Geheimnis wie meinen Augapfel.

Auf der Geburtstagsparty, es waren 50 Gäste geladen, ging es hoch her. Der Alkohol floss in Strömen. Ich sorgte dafür, dass er nicht ausging. Dennoch begann kurz nach Mitternacht langsam die Aufbruchsstimmung. Mir war das nur recht. Während mein Mann und mein Bruder schon mehr als angeheitert waren, blieb ich stocknüchtern. Gab mich aber leicht beschwipst. Ich flüsterte meinem Bruder etwas von einer Überraschung für Herrmann ins Ohr, und er, total von dieser Idee begeistert, half mir auch sofort, ihn rüber in mein Büro zu bringen. Vorher aber gab ich meinem Mann noch ein Glas Sekt zu trinken. Dass sich darin ein Schlafmittel befand, wusste auch mein Bruder nicht. Ohne, dass uns die Gäste beachteten, sie waren total betrunken, hievten wir meinen Mann über den Hof und durch die Nacht. Er lallte nur immer wieder: ›Bernd ich liebe dich … was für ein Fest … oh wie schön.‹ Ich öffnete die Geheimtür und schob Herrmann hindurch, achtete aber darauf, mit einem kleinen Holzstück die Tür festzuklemmen. Auf einem Sessel saß Emil und strahlte uns entgegen. Mein Mann strahlte auch und torkelte auf die Puppe zu. Auch mein Bruder starrte völlig perplex auf den schönen Mann. Ich dagegen kochte innerlich vor Wut und wollte so schnell wie möglich dort weg. Deshalb zog ich an Bernds Hemdsärmel. Mein Bruder wollte aber nicht mitkommen, war er doch von Emil total fasziniert. Letztendlich gelang es mir, ihn zur Rückkehr zu bewegen. Das Letzte, was ich von meinem Mann Herrmann sah, war, wie er Emil umarmte und ihn abküsste. Ich schüttelte mich vor Ekel. Den restlichen Gästen gab ich zu verstehen, dass mein Mann bereits schlafen gegangen sei, und dass wir langsam die Feier beenden sollten. Mit lautem Gesang torkelten sie schließlich vom Hof.

In der Fakultät meldete ich Herrmann am darauffolgenden Tag krank. Ein befreundeter Arzt schuldete mir noch einen Gefallen und stellte für ihn unbesehen eine Krankschreibung aus. Nach einer Woche – ich wollte ganz sicher gehen – schaute ich vorsichtig hinter das Regal. Mein Mann lag glücklich lächelnd, aber mausetot, in den Armen von Emil. – Nun musste ich die Leiche nur noch verschwinden lassen. Dafür hatte ich auch schon vorgesorgt, indem ich mir heimlich einen Häcksler anliefern ließ. Aber ich brauchte Hilfe. Mein Mann wog immerhin zwei Zentner und leblos war er sicher noch schwerer.

Mein Bruder musste ran. Da ich ihm schon vor einiger Zeit in Vorbereitung meiner Tat weiszumachen versuchte, dass mich mein Mann öfter misshandelte, mich bedrohte, mir kein Geld gab und mir also gar nichts anderes übrig blieb, als ihn umzubringen, ließ er sich nach langem Hin und Her darauf ein. Es dauerte Stunden, bis mein

Mann zerkleinert war. Ich mischte ihn dann unters Schweinefutter, und den Tieren schien es zu schmecken. Nachdem ein Monat vergangen war und sich immer wieder Freunde und Arbeitskollegen nach Herrmann erkundigten, wurde es mir langsam zu heiß. Als sie ihn dann gar besuchen wollten, und mein Bruder mir drohte, alles auffliegen zu lassen, machte mich das so nervös, dass ich einfach handeln musste. Ganz egal, ob es sich um meinen Bruder handelte – er musste weg. Also bestellte ich Bernd unter einem Vorwand in mein Büro. Ich erzählte ihm, es ginge um eine Erbschaft eines plötzlich verstorbenen reichen Onkels. Geld war für meinen Bruder schon immer wichtig. Er hatte nie welches. Er kam also zu mir und ich bot ihm zur Feier des Tages erst einmal einen großen Schnaps an – mein Bruder trank seit dem Tod meines Mannes sehr viel Alkohol. In sein Glas hatte ich bereits zuvor den kleinen Rest vom Schlafmittel getan – der musste reichen. Wir stießen also miteinander an. Dann lockte ich ihn in den Geheimgang. Diese Puppe saß wieder im Sessel, und Bernd war, wie schon vor Wochen, völlig fasziniert von ihr, so dass er mein plötzliches Verschwinden gar nicht bemerkte. Diesmal klemmte ich kein Stückchen Holz in die Tür, sondern drückte das Regal von außen fest an. Mein Bruder war gefangen. Da der Raum schalldicht ist, konnte keiner seine Schreie hören. Es war aus und vorbei mit ihm. Nun brauchte ich nur noch abzuwarten, wie bei Herrmann.

Und wie der Häcksler funktionierte, wusste ich ja inzwischen. Ich brauchte diesmal auch keine Hilfe, sondern schaffte es allein. Meine Schweine freuten sich wieder über ein besonderes Mahl. Mit lautem Quieken stürzten sie sich darauf.

Mein Leben hat keinen Sinn mehr …

Marita Boldt'«

Betretenes Schweigen wird von lautem Klopfen unterbrochen. Gleich darauf wird die Tür aufgerissen.

»Hallo mein Freund, hast du wieder einen Sonderauftrag für mich, nur dass ich es dieses Mal nicht umsonst mache, nicht einmal für dich …« Moritz bleibt ruckartig stehen, als er die bedepperten Mienen der beiden Detektive sieht. Er fragt: »Was ist denn hier los?« Dann lässt er sich mit ausgestreckten Beinen auf den Besucherstuhl fallen.

Degen, der sich über diesen Auftritt seines Kumpels nicht wundert, reicht ihm ohne Kommentar den Brief. Moritz liest kurz die ersten Zeilen, zuckt mit den Schultern und meint, dabei breit grinsend: »Okay, dann nehme ich das mal mit. Ist jetzt wohl doch eine Sache für die Profis?«

Damit erhebt er sich, lächelt Degens Assistentin kurz zu und tippt mit dem Zeigefinger an seinen imaginären Mützenrand, bevor er endgültig von der Bildfläche verschwindet.

Ungerührt dessen wendet sich Degen seiner Kollegin zu. »So Frau Kolt, jetzt erzählen Sie mir endlich, was Sie heute hinter dem Regal entdeckt haben«, er stutzt, »obwohl, das stand ja sicher alles in dem Geständnis der Bäuerin … oder gibt es noch mehr, was ich wissen sollte?«

»Nicht, das ich wüsste, Chef – nur diese Puppe und einen Häcksler, an dem noch Blut klebte, mehr nicht.«

»Na, darum sollen sich jetzt andere kümmern.«

Degen erhebt sich und sagt: »Und wir zwei Hübschen machen für heute Feierabend. Morgen um acht ist auch wieder ein Tag. Ich fahre Sie jetzt nach Hause.«

Das ist ja wohl das Mindeste, denkt Esra noch, bevor sie ihrem Chef zum Auto folgt.

Als Esra in ihre kleine Wohnung kommt, haut sie als erstes Degens Schuhe in die Ecke und macht sich einen starken Kaffee, pechschwarz und mit extra viel Zucker. Den genießt sie dann, gemütlich auf dem Plüschsofa sitzend, mit ein paar Schokokeksen. Nebenbei tippt sie die Nummer ihrer Mutter ins Handy.

»Hallo Mama, wie geht es dir? … gut? … aha …keine Gallenkolik mehr? … blinder Alarm, hm, da bin ich aber erleichtert, hatte mir schon Sorgen gemacht … wie mein erster Arbeitstag war? … hast du Zeit? … ja? … also, da muss ich dir was erzählen – du glaubst es nicht!«

Die Leiche hat sich bewegt

Degen reißt das Kalenderblatt mit der Ziffer 4 ab und legt es fein säuberlich zu den anderen in eine kleine Schachtel, die vor Jahren mal Konfekt enthielt. Ein Ritual, was schon beinahe zwanghafte Züge hat. Als nächstes schaut er auf seine Rolex, die er Tag und Nacht trägt, und sie zeigt fünf Minuten vor halb sieben an. Kurz darauf verlässt der Detektiv auch schon die Wohnung und tritt gutgelaunt in seinem nagelneuen Adidas-Trainings-Anzug vor die Tür seines Häuschens aus den Fünfzigern. Er schaut hoch zum Himmel. Noch ist er grau in grau. Wenn man dem Wetterbericht Glauben schenken kann, soll sich das bald ändern. Froh über diese Aussicht und dass er heute nicht zum Dienst muss – schließlich ist Sonntag – lässt ihn fröhlich vor sich hin pfeifen. Nun kann er ganz bequem seine erste Joggingrunde nach vier Monaten Sportabstinenz drehen. So etwas, wie am Donnerstag, darf ihm nicht noch einmal passieren. Er ärgert sich noch immer, wenn er nur daran denkt, wie er nach Luft japsend hinter der Bäuerin hinterhergerannt war. Deshalb hatte er sich fest vorgenommen, wieder mehr Sport zu treiben. Und heute macht er Nägel mit Köpfen. Degen streckt beide Arme nach oben, nach vorn, nach unten und atmet noch einmal mit hochgestreckten Armen tief ein. Das wiederholt er dreimal. Aufwärmen ist wichtig. Das weiß er von seinem ehemaligen Trainer – Gott hab ihn selig – und seine Augen wandern hoch zum Himmel, obwohl er überhaupt nicht gläubig ist. Noch einmal sieht er auf die Uhr und setzt sich punkt halb sieben in Bewegung. Seiner Assistentin würde etwas mehr Sport auch nicht schaden, denkt er mit breitem Lächeln, während er den Weg zum Wäldchen einschlägt. Gleichmäßig atmend behält Degen das Tempo bei. Er staunt selber über seine Kondition. Zwanzig Minuten später verlässt er den Wald und macht erst einmal eine Pause. Schließlich soll man sich langsam wieder an Sport gewöhnen – auch ein Rat seines Trainers. Nach zweiminütiger Atemübung läuft er weiter zwischen Wiesen und Feldern. In der Ferne sieht er etwas, kann es aber nicht richtig deuten. Vielleicht Tiere – Schafe oder gar Wölfe? Man hört ja so viel von wolfsgerissenen Schafen. Degen kneift die Augen zusammen und denkt kurz über eine Brille nach. Immer öfter in letzter Zeit bemerkt er eine Sehschwäche an sich. Das täte ihm noch fehlen, ihm, der schon immer sehr auf sein Aussehen bedacht ist. »Ich und eine Brille – pffft!«, grummelt er. Soweit kommt's noch. Ihm fällt der Spruch ein, den eine ehemalige Freundin oft gebrauchte – »Mein letzter Wille ist einer mit ner

Brille!« Deshalb hat er sie auch damals *in die Wüste* geschickt, wie er immer scherzhaft behauptet. Dabei soll es wohl umgekehrt gewesen sein. Während er sich dem Weidezaun nähert, erkennt er am Hütehund Alex, dass es Bauer Lindemanns Schafe sind. Moment mal ... Degen macht abrupt vor dem Zaun halt, genau an der Stelle, wo das Schild ›Vorsicht – Elektrozaun‹ installiert ist. Einige Schafe haben einen Kreis gebildet, und Alex rennt aufgeregt um diesen Schaf-Kreis herum. Degen lässt einen kurzen aber lauten Pfiff ertönen, nur sind die Tiere nicht nur taub, sie interessieren sich schlichtweg nicht dafür, wenn man ihnen hinterherpfeift. Jedenfalls bleiben sie stur im Kreis stehen. Nur Alex kommt wedelnd an den Zaun gerannt. »Na, mein Schöner«, spricht Degen den Hund an. Sie kennen sich schon lange, und Degen hat normalerweise immer ein Leckerli dabei. Heute allerdings nicht. Seine neue Sporthose hat nämlich nur eine Tasche, und in der hat gerade mal sein Handy Platz. »Tut mir leid, heut habe ich nichts für dich.« Alex scheint das weniger zu stören. Er genießt viel lieber die Streicheleinheiten, und es interessiert ihn auch nicht, dass Degen sich dafür fast verrenken muss – nur weil er Angst vor einem Stromschlag hat. Noch in der Hocke holt er das Handy hervor und sucht in der Liste nach der

Nummer von Bauer Lindemann. Sie sind seit Jahren Golffreunde, obwohl Lindemann äußerlich rein gar nicht zum Erscheinungsbild des Detektivs passt, der immer wie aus dem Ei gepellt ausschaut – sogar heute beim Joggen. Aber der Bauer, der zu jedem, wirklich zu jedem Anlass im Holzfällerhemd und blauen Latzhosenjeans erscheint – absolut nicht Degens Geschmack – ist ein super Golfer, kurz gesagt: er ist ein Genie auf dem Gebiet. Außerdem verstehen sich die beiden Männer recht gut, was mit dem Detektiv nicht immer so einfach ist. Kann aber auch daran liegen, dass Lindemann der Klügere von beiden ist ...

»Endlich«, murmelt er, und hört auch schon Lindemanns kratzige Stimme, die ein verschlafenes »Hallo« hervorbringt.

»Hör zu, alter Freund, irgendetwas stimmt mit den Schafen nicht«, sagt Degen schnell, bevor Lindemann weiter reden kann. Denn wenn der erst einmal loslegt, kommt kein anderer mehr zu Wort.

»Welche Schafe? Wo bist du überhaupt?«

»Was heißt, welche Schafe. Deine Schafe natürlich ... bin hier auf deiner Koppel. Kannst du kommen? Und etwas hurtig, wenn ich bitten dürfte!«

Er hört noch ein »ja, ja«, dann ist Ruhe in der Leitung.

Degen seufzt und überlegt, ob er seine Assistentin

dazu holen soll. Aber die schläft bestimmt noch? Ist schließlich Sonntag. Doch bei einem möglichen Verbrechen? Da herrscht Ausnahmezustand! Genau! Und schon lässt er es bei Esra läuten. Nach zehnmal klingeln legt er auf, drückt auf Wahlwiederholung, und das macht er dreimal. Er will schon aufgeben, als er hört: »Ach Chef, was ist denn? Sie wissen aber, dass heute Sonntag ist? Es sei denn, Sie haben« einen anderen Kalender, als ich?«

Degen winkt ab, als wenn Esra das sehen könnte. Er ignoriert auch den schläfrigen Ton in ihrer Stimme, denn, wenn er um diese Zeit munter ist, können andere das auch sein. Und er erklärt ihr lakonisch den Sachverhalt. Zehn Minuten später kommt seine Assistentin keuchend angeradelt.

Degen reißt die Augen auf, als sie näher kommt … er glaubt schon an eine Sinnestäuschung – zwar trägt sie ausnahmsweise kein Kostüm, wie vor drei Tagen, sondern einen körperbetonten Jogginganzug, was auch nicht viel besser ist – aber wieder in dieser grellen Farbe Pink. Hat sie nichts anderes? Vor seinem geistigen Auge erscheint ein großer weitgeöffneter Schrank mit lauter pinkfarbenen Kleidungsstücken, und der Detektiv schüttelt sich bei dieser gruseligen Vorstellung.

»Wusste gar nicht, dass Sie ein Fahrrad haben«, empfängt Degen seine junge Kollegin.

50

»Ist ja auch nicht meins«, und Esra wirft den Drahtesel achtlos ins Gras.

»Dafür, dass es nicht Ihr Radl ist, gehen Sie nicht sehr achtsam damit um, oder sehe ich das falsch!?« Schulterzuckend antwortet sie nur: »Gehörte Martha Schlegel, ist jetzt meins, hat sie gesagt – wo sind die Schafe, Chef?« Er zeigt rüber zur Wiese. »Da drüben, oder sind Sie jetzt auch noch blind, liebe Kollegin?«

Esra funkelt ihn zornig an. »Was heißt *auch noch*!«

»War nicht so gemeint«, beeilt er sich zu sagen und wird mit einem Mal blass um die Nase.

»Wo sind die Schafe hin?«, fragt Degen nun auch und sieht sich irritiert um. Dann wandert sein hilfloser Blick zu seiner Assistentin und wieder rüber zur Wiese. Aber die Schafe sind tatsächlich weg, und sie bleiben auch weg.

»Waldemar ... Waldemar!«

Degens Kopf schnellt herum. Wer wagt es, ihn mit seinem Namen zu rufen, den er seit seiner Kindheit hasst? Er muss seine Augen zukneifen ... und da sieht er ihn im Holzfällerhemd. Bauer Lindemann kommt auf dem Feldweg angerannt. Und, welch ein Wunder? Am Zaun wird er von seiner Schafherde begleitet. Deshalb waren die Viecher plötzlich verschwunden ...

Aufatmend geht Degen dem Bauern entgegen.

»Mensch Poldi, wird Zeit, dass du kommst. Schalte doch mal den Strom ab.«

»Strom? Ach, du meinst den im Weidezaun? Der ist doch gar nicht an.«

Esra, die das hört und bis dato nicht wusste, wie Degen mit Vornamen heißt, muss unwillkürlich grinsen und ist auch schon, trotz ihrer rundlichen Gestalt, unter dem Zaun hindurchgeschlüpft. Dabei fällt ihr doch tatsächlich ein Lied aus Kindertagen ein – *Ich heiße Waldemar, weil es im Wald geschah* sangen sie oft einem unbeliebten Mitschüler vor, und jagten ihn dabei durchs ganze Schulhaus.

»Walde…, Chef, kommen Sie doch bitte mal!«, ruft sie, weil er sich mit Poldi festzuquatschen scheint. »Chef, schauen Sie doch bloß … eine Leiche!«

Endlich löst sich Degen von seinem Golfkumpel und kommt auch schon auf den Zaun zu gerannt, drosselt aber sein Tempo, als Esra mit schriller Stimme schreit: »Stopp! Die Reifenspuren, nicht drauftreten!« Degen bleibt sofort stehen und lässt seinen Blick suchend nach unten wandern. »Wo sehen Sie Reifenspuren? Ich kann keine entdecken.« Sich noch immer vor einem möglichen Stromschlag fürchtend bückt er sich und kriecht auf allen Vieren unter dem Weidezaun hindurch – dicht an den Reifenspuren vorbei, so dass Esra für einen Moment die Luft anhält. Dann meint sie trocken: »Sie müssen sich nicht gleich Ihre Markenklamotten ruinieren – aber schauen Sie, der Tote hat keinerlei Verletzungen, jedenfalls keine sichtbaren.«

Ohne Esras Worte zu beachten steht Degen mühsam auf, klopft sich den Dreck von den Knien und streckt seine Glieder. Alex springt freudig an ihm hoch. Während er den Hund streichelt, dreht er sich nach Lindemann um, der gerade Anstalten macht, ihm zu folgen.

»Poldi du bleibst wo du bist!«

Erschrocken verharrt der Bauer in der Hocke, verliert das Gleichgewicht und setzt sich auf seinen Hosenboden, um sich gleich wieder aufzurappeln. Dabei schimpft er wie ein Rohrspatz. »Nenn mich nicht andauernd Poldi, ich heiße Leopold, und schon mal dran gedacht, dass das meine Schafe sind – dass das meine Wiese ist – häh?«

»Ach Poldi, hier geht es doch nicht um deine Schafe«, winkt Degen gelassen ab. Er nimmt sein Handy und ruft den Amtsarzt an und gleich danach Moritz.

»Haben Sie wenigstens die Spurensicherung verständigt und nicht wieder Ihren Freund, diesen Moritz?«, flüstert ihm Esra zu. Degen blickt seine Assistentin belustigt an. »Wir wissen doch noch gar nicht, ob es sich um ein Verbrechen handelt, meine Liebe. Sagten Sie nicht selbst, dass keine äußeren Verletzungen sichtbar sind?«, flüstert er zurück und schielt dabei zu Lindemann. Der aber starrt in den Himmel und betrachtet vermutlich den Kondensstreifen eines Flugzeugs.

»Stimmt«, antwortet Esra und beäugt jetzt neugierig die Reifenspuren, die Degen wahrscheinlich nun auch sieht. Er steht jetzt dicht hinter ihr. Ruckartig dreht sich Esra zu ihm um und fragt: »War das Geräusch in meinem oder in Ihrem Bauch, Chef?«

»In meinem – ich habe nämlich Hunger. Wollte schon lange wieder zuhause sein. Wie sieht's aus, haben Sie schon gefrühstückt?«

»Der war gut. Wann sollte ich gefrühstückt haben? Bin doch gleich vom Bett aus zu Ihnen.«

»Ach, und ich dachte, das wäre Ihr Jogginganzug, den Sie da anhaben?«, fragt Degen etwas irritiert. Und wieder trifft ihn ein giftiger Blick seiner Assistentin. Sie kann die versteckten Anspielungen ihres Chefs sehr genau deuten. Solche Gehässigkeiten sind ihr noch immer aus der Schulzeit in Erinnerung. Aber vielleicht ist sie auch nur überempfindlich.

Esra horcht auf. »Ich glaube der Krankenwagen kommt.«

Augenblicklich lässt Degen seine Kollegin stehen

und steigt über den Zaun, geht an Lindemann vorbei und direkt auf eine junge Frau zu, die gerade mit ihrer Arzttasche aus dem Auto steigt.

»Ich grüße Sie, Frau Doktor Gerner, wir haben uns ja ewig nicht gesehen«, säuselt Degen überschwänglich und nimmt lächelnd ihre ausgestreckte Hand entgegen. Esra, die diese Szene aus der Ferne beobachtet, hat schon Angst, dass die Ärztin auf seiner Schleimspur ausrutschen könnte. Allerdings ist die Befürchtung unbegründet, denn Frau Doktor säuselt genauso. »Hallo, mein lieber Herr Degen. Ich war jetzt vier Monate in Afrika. Entwicklungshilfe, Sie verstehen? Und was haben Sie für mich? Sie klangen am Telefon sehr aufgeregt.«

»Eine Leiche. Kommen Sie bitte«, und schon steigt Degen wieder über den Zaun. Entwicklungshilfe, denkt er, und dass er darüber unbedingt mal mit der Ärztin reden muss – vielleicht bei einem Essen? Während Degen grübelnd davonstolpert, ist Lindemann aus seiner Schockstarre erwacht und öffnet beflissen den Weidezaun für die Ärztin, denn, dass sie als Frau und dazu noch im engen Rock über einen Zaun klettern soll, geht ja wohl gar nicht.

Kaum hat sich die Frau Doktor zwischen das Detektiv-Duo geschoben und einen prüfenden Blick von oben herab auf den *Toten* geworfen, schreit

Esra: »Die Leiche hat sich bewegt!«

Degen und Frau Dr. Gerner rufen gleichzeitig: »Wann?«

»Na eben gerade, schauen Sie doch genau hin … der Tote ist weder tot noch ist er eine Leiche!«, stottert Esra und zeigt mit ausgestreckter Hand auf den Mann. Die Ärztin hockt sich sofort neben den *eventuell* toten Mann, fühlt den Puls und legt ihr Ohr an seinen Mund. »Er scheint zu atmen, aber … nein, doch nicht.« Sofort greift sie nach ihrer Tasche, entnimmt ihr eine Spritze und ein Fläschchen, zieht die Flüssigkeit auf, schnippst mit dem Finger gegen die Kanüle und holt Schwung. Degen dreht sich weg. In dem Moment, wo Frau Dr. Gerner die Spritze ins Herz des bewusstlosen Mannes jagt, fällt Esra auch schon um. Die Ärztin gibt Degen einen Wink, sich um seine Kollegin zu kümmern. Das hat aber Bauer Lindemann schon übernommen. Er hat Esra noch rechtzeitig aufgefangen und versucht jetzt, sie mit leichtem Klatschen ins Gesicht wiederzubeleben. Noch eine Leiche auf seiner Wiese verkraftet er nicht …

Inzwischen kommt der Fahrer des Krankenwagens mit einer Trage und einem daran befindlichen Tropf angerannt. Gemeinsam mit der Ärztin wickelt er den Patienten in die Rettungsdecke. Sie wollen ihn gerade samt Trage zum Auto bringen, als Moritz vollbepackt auf sie zukommt. Er kann noch einen Blick auf den Patienten werfen und erschrickt. »Was ist mit ihm?«, fragt er.

»Er ist stark unterkühlt und muss rasch in die Klinik. Ich melde mich später bei Ihnen«, wendet sich die Ärztin an Degen, ohne Moritz zu beachten.

»Okay, Frau Doktor, aber was wird mit ihr?«, will Degen noch wissen und zeigt hilflos auf Esra. Schulterzuckend setzt sich die Ärztin ins Auto, kurbelt die Scheibe runter und meint: »Nichts, sie weilt doch schon wieder unter den Lebenden.«

Verdutzt schaut sich Degen um. Tatsächlich steht seine Assistentin nur einen Meter hinter ihm, wenn auch auf recht wackligen Beinen. Besorgt eilt er ihr zu Hilfe, doch sie wehrt ihn ab. »Ich schaff das, auch ohne Sie, bin schließlich schon groß.«

»Ich weiß«, antwortet Degen leicht verlegen.

Esra wartet einen Moment, bevor sie losläuft und ist nun schon etwas sicherer. Sie hebt ihr Fahrrad auf. »Chef, brauchen Sie mich noch?«, fragt sie, während sie schon auf ihr Rad steigt, »ich muss jetzt endlich was essen.«

»Nein, Frau Kolt, Sie brauche ich nicht mehr, aber ich bleibe noch hier und warte auf Moritz, nur … kann ich Sie wirklich allein fahren lassen, Frau Kolt, oder soll ich Sie zum Arzt bringen?« Degen sieht seine Assistentin mitleidig an. Esra schüttelt vehement den Kopf. Sie braucht nur das Wort Arzt zu hören, und sofort fällt ihr die Spritze ein. Allein bei dem Gedanken daran wird ihr schlecht und wieder verspürt sie dieses Herzklopfen, wie so oft in letzter Zeit. Noch bevor Degen weitere Hilfsangebote machen kann, ist sie mit ihrem Radl auf und davon.

Der Detektiv schaut seiner Assistentin noch hinterher, doch dann wird er auf Moritz aufmerksam, der noch immer, wie bestellt und nicht abgeholt, auf dem Feldweg steht.

Ohne lange Umschweife fragt Degen: »Hast du alles dabei?«

»Dir auch einen schönen Sonntagmorgen, mein Freund, scheinst mich gar nicht bemerkt zu haben – vor allem hab ich was zum Mampfen mit … oder hast du keinen Hunger?« Er hält die zwei Tüten hoch.

»Natürlich habe ich Hunger, und wie, aber …«, und schon greift Degen nach der größten Tüte. Bauer Lindemann, der noch immer etwas unter Schock steht, gesellt sich dazu. Ehe Degen sich's versieht, hat er noch vor ihm in die Tüte gelangt und sagt, mit vollem Munde zu Moritz: »Die Semmeln sind ja lecker, wo ham Se die denn her?«

»Selbstgebacken«, antwortet Moritz stolz und beeilt sich, wenigstens noch eine von seinen Semmeln zu ergattern, denn Lindemann nimmt sich bereits die zweite. Zu seinem Glück verabschiedet sich der Schäfer mit den Worten: »Ich werde sicher nicht mehr benötigt.«

»Wann golfen wir wieder?«, ruft ihm Degen noch hinterher.

»Am nächsten Samstag zum Golftournier – um fünfzehn Uhr.«

Degen nickt zufrieden, und noch immer genüsslich kauend meint er zu Moritz: »Kannst du die Reifenspur ausgießen? Ich vermute einen Traktor.«

Moritz geht in die Hocke und sieht sich diese Spur an. »Hm, ich könnte, hab auch was mit – mach ich aber nicht. Ich bin nicht mehr beim Gericht, das weißt du. Da muss die Spusi ran, mein Bester!«

Degen schaut beleidigt. »Seit wann bist du so ängstlich?«

»Bin ich nicht«, entgegnet Moritz schnippisch, »aber du kennst meinen Chef nicht. Er wird langsam misstrauisch wegen meiner vielen Überstunden in letzter Zeit.«

Degen sieht ihn verwundert an.

»Nun tu nicht so erstaunt, als könntest du dich nicht an die Frau Boldt erinnern. Für die Gutste hab ich mich weit aus dem Fenster gelehnt.« Er überlegt kurz und sagt dann: »Genau, dafür hattest du mir ein Bier versprochen.«

»Hatte ich das?«, fragt Degen abwesend und greift zielsicher in Moritz' Aktentasche. Er holt einen Beutel Gips, eine Flasche Wasser und eine Schüssel mit einem Holzspatel heraus. Letztere lässt er aber zurück in die Tasche wandern.

»Dann mache ich das eben selbst«, sagt er entschlossen und lässt den verdatterten Moritz einfach stehen.

Und ehe der sich versieht, hat Degen den trockenen Gips in die Radspur gestreut und das Wasser darüber gegossen.

Moritz schlägt die Hände überm Kopf zusammen.

»Was meinst du, weshalb die Schüssel mit dem Holzspatel dabei ist?«

Degen antwortet schulterzuckend: »Keine Ahnung, aber so war es einfacher ... warte mal«, er hält sich sein Handy ans Ohr und geht dann etwas auf die Seite.

Während Degen noch telefoniert, versucht Moritz zu retten was zu retten geht. Vorsichtig drückt er die inzwischen getrocknete Gipsmasse aus der Erde und erhebt sich genau in dem Augenblick, als Degen wieder hinter ihm auftaucht und dicht an seinem Ohr sagt: »Das war das Krankenhaus.«

Erschrocken lässt Moritz den Gips fallen.

»Das war's dann«, sagt er leise und lässt die Schultern hängen.

»Macht nichts«, kommt es von Degen. »Ich glaube, wir müssen den Fall sowieso an die Kripo abgeben. – der Tote ist jetzt wirklich tot.«

»Was heißt wirklich? Übrigens fällt mir ein, dass ich diesen Mann schon mal gesehen habe ... weiß nur nicht wo?«

Degen hört gar nicht hin. Er überlegt, ob er seine Assistentin über den Krankenhausbefund informieren sollte, entscheidet sich aber um und wählt die 110.

Zehn Minuten später tauchen zwei Polizeiautos in der Ferne auf.

***

Kaum ist Esra zuhause angelangt – völlig außer Atem nach der ungewohnten Fahrradtour – wird sie auch schon von ihrer Mutter mit einem Redeschwall empfangen. »Sage mal, wo bleibst du denn? Hast du vergessen, dass wir verabredet sind? Ich habe extra Brötchen mitgebracht, damit wir gemeinsam frühstücken können. Jetzt ist es bereits um zehn, und mein Magen hängt in den Kniekehlen. Wie siehst du überhaupt aus, bist du noch im Schlafanzug?«

Esra wird rot, weil ausgerechnet in dem Moment ihre Wirtin aus dem Fenster sieht. Sicherlich hat sie das ganze Gezeter ihrer Mutter mitbekommen.

»Das Rad fährt sich gut, gell?«, ruft ihr Frau Schlegel zu und ist auch gleich wieder weg vom Fenster. Erleichtert darüber umarmt Esra ihre aufgebrachte Mutter und sagt beschwichtigend: »Komm Mama, bei einer starken Tasse Kaffee redet es sich leichter. Deshalb lass uns erst einmal hineingehen.«

Als Esra mit ihrer Erzählung an der Stelle angelangt ist, wo sie in Ohnmacht fiel, muss ihre Mutter unwillkürlich lächeln und sie sagt: »Spritzen konntest du ja noch nie leiden. Ich erinnere mich, da warst du noch Kind, und du …«

»Mama, bitte! Ich will das gar nicht hören«, unterbricht sie Esra sofort, »sage mir lieber, weshalb du wirklich hier bist. Ich kann mich nämlich nicht erinnern, dass wir für heute verabredet waren?«

Krista Blum, die nach der Scheidung von Esras Vater wieder ihren Mädchennamen angenommen hatte, runzelt die Stirn, erhebt sich vom Sofa und räumt mit schnellen Bewegungen den Tisch ab. Ihre Tochter lässt sich davon aber keineswegs beirren. »Lass das, Mama, das hat Zeit. Ich will jetzt wissen, was los ist.«

Seufzend stellt ihre Mutter das Geschirr ab, um sich dann gleich wieder auf das Sofa zu setzen und lässig die Beine übereinanderzuschlagen. Ohne ihre

Tochter anzusehen sagt sie, wie zu sich selbst: »Dein Vater ist nicht mehr!«

Esra zuckt zusammen. Sie sieht ihre Mutter mit ängstlichen Augen an, fasst nach ihrer Hand und fragt mit zittriger Stimme: »Wiiie, er ist nicht mehr? In Form von essen, oder – er ist nicht mehr … du meinst jetzt nicht, dass Papa nicht mehr lebt?«

Krista Blum nickt. Zu mehr ist sie nicht fähig. Die richtige Antwort reimt sich Esra selbst zusammen, als ihre Mutter plötzlich die Hände vors Gesicht schlägt und losheult, so, als würde gleich die Welt untergehen. Esra sitzt fünf Sekunden kerzengerade da, blickt dabei mit traurigen Augen ihre Mutter an und nimmt sie schließlich in den Arm. So eng umschlungen sitzen die zwei Frauen einige Minuten still da. Zwar waren sie beide keine Fans vom Vater, aber dass er jetzt tot ist, tut doch etwas weh. Als Krista Blum dann sagt: »Kannst du nicht wieder nach Hause kommen?«, löst sich Esra abrupt aus der Mutter-Tochter-Umarmung.

»Wie kommst du denn darauf, Mama?«

»Ich denke, dein Vater wurde umgebracht. Er war erst vierzig und kerngesund.«

»Deshalb kann er doch gestorben sein. Da sterben viel jüngere Menschen … du siehst zu viele Krimis, Mama.« Esra und ihre Mutter sitzen eine Weile stumm nebeneinander. Dann springt Esra, wie von der Tarantel gestochen, auf und fragt, während sie bereits an ihrem Kaffeeautomaten hantiert: »Magst du noch einen Kaffee?«

Während der Kaffee durchläuft und Esra saubere Tassen aus dem Küchenschrank holt, gehen ihr die Worte der Mutter nicht mehr aus dem Kopf. Aber wer sollte Papa umgebracht haben? Hatte er womöglich Feinde? Er war doch auch bei der Polizei? Sogar bei der Mordkommission …

Zwei Stunden später sitzt Krista Blum in ihrem Auto, lässt die Scheibe herunter und wartet, bis Esra sich zu ihr umdreht. Dann winkt sie ein letztes Mal und fährt mit ihrem Fiat davon.

Esra sieht ihrer Mutter so lange nach, bis diese am Horizont verschwunden ist. Am Horizont, wo die Kornfelder enden und der Wald beginnt. Einen Moment verweilt sie gedankenverloren, um dann ins Haus zurückzugehen. Als Esra das Klingeln ihres Handys aus der offenen Wohnungstür vernimmt, eilt sie die Steinstufen hinauf und schließt rasch die Tür hinter sich. Hastig greift sie nach dem Mobilteil.

»Hallo, hier ist Kolt«, meldet sie sich und bereut auch sofort, das Gespräch entgegen genommen zu haben. Zu spät hat sie die Nummer im Display erkannt. »Degen hier. Frau Kolt … also Esra, ich wollte Sie eigentlich nicht mehr stören, heute zum Sonntag.«

Warum tust du's dann?, denkt sie ärgerlich, sagt aber: »Was haben Sie denn? Ist es wichtig, Chef?«

»Wichtig? Ja, schon, ach — wissen Sie was? Ich komme zu Ihnen.«

Ehe Esra etwas entgegnen kann, hat Degen bereits aufgelegt.

Als es zwei Minuten später an der Tür läutet, fragt sie schmunzelnd beim Öffnen: »Sind Sie geflogen, Che...?«

Doch vor ihr steht Moritz. »Ist Waldemar hier?«, fragt der nur und schiebt Esra einfach beiseite.

Hat der keine Manieren? Esra schüttelt erstaunt den Kopf.

»Lassen Sie ihn das bloß nicht hören«, sagt sie dann zu Moritz, der es sich bereits auf ihrem Sofa bequem gemacht hat. Er winkt ab. »Er heißt nun mal Waldemar.«

»Was wollen Sie überhaupt vom Chef? Und warum vermuten Sie ihn ausgerechnet bei mir«, fragt Esra nun und baut sich demonstrativ vor Moritz auf. Dabei stemmt sie ihre Hände in die Hüften. Noch jemanden, der ihr den Sonntag verderben will, kann sie nicht gebrauchen. Weil sie keine Antwort erhält, sagt sie schulterzuckend: »Der müsste eigentlich jeden Moment hier eintrudeln.«, und geht auch schon zur Wohnungstür, um diese zu öffnen. Als hätte er bereits darauf gewartet, kommt Degen hereingestürmt. Ohne etwas zu sagen läuft er aufgeregt durchs Zimmer und fuchtelt mit einem Zettel herum.

Auch der kann nicht grüßen. Ist das jetzt Mode? Esra schüttelt kaum merklich den Kopf.

»Was ist das?«, will Esra wissen und greift nach dem Stück Papier. Aber Degen zieht die Hand zurück und meint, sich jetzt an Moritz wendend: »Was treibt dich überhaupt hierher? Doch nicht etwa die Sehnsucht nach mir?«

Moritz, noch seelenruhig auf dem Sofa lümmelnd, grinst nur unverschämt.

»Also, warum bist du hier, Moritz?«

»Darauf kommst du nicht, mein Lieber«, antwortet Moritz und erhebt sich langsam – noch immer breit grinsend.

»Was soll das?«, fragt Degen, nun schon leicht ungehalten, »sag endlich, worum es geht und lass dein blödes Grinsen!«

»Okay, okay«, lenkt Moritz nun ein. Er wird plötzlich ernst. »Mir ist tatsächlich eingefallen, woher ich den Toten von der Weide kenne.«

Also doch, denkt Esra kurz, sagt aber nichts.

»Aha«, macht Degen und lässt sich mit lang ausgestreckten Beinen aufs Sofa fallen. Er greift nach dem Glas Mineralwasser, welches ihm Esra reicht. »Danke«, sagt er zu ihr und trinkt hastig.

Moritz schaut weiterhin nur geheimnisvoll in die Runde. Degen stellt sein Glas auf dem kleinen Tisch ab und sieht Moritz ärgerlich an.

»Also, wer ist der Tote?«

Moritz ist bekannt dafür, wichtige Informationen so lange wie möglich zurückzuhalten. Und bei seinem Kumpel Waldemar macht es ihm besonders viel Spaß, weil der jedes Mal vor Neugierde fast platzt, so wie jetzt.

»Wenn du nicht gleich mit der Sprache rausrückst, du elender Wicht, kündige ich dir die Freundschaft«, ruft Degen auch prompt, und wird vor Wut krebsrot im Gesicht. Es ist Moritz bewusst, dass er es auf die Spitze getrieben hat, und trotzdem kann er nicht anders, als zu sagen: »Du immer mit deinen leeren Versprechungen.« Schnell springt er auf und flüchtet in Richtung Tür. Degen bleibt jedoch ganz ruhig sitzen, und langsam wagt sich Moritz wieder in seine Nähe, allerdings setzt er sich vorsichtshalber ans andere Ende vom Sofa. Beschwichtigend sagt er nun zu Degen: »Also pass auf, ich erzähle dir, um wen es geht.«

Degen und auch Esra, die sich zwischen die zwei Männer gequetscht hat, starren Moritz erwartungsvoll an und rufen zugleich: »Wir hören!«

Noch einmal tief einatmend sagt Moritz endlich: »Es handelt sich um Peter Zander, den Bruder von Frau Boldt.«

»Nein – das geht ja gar nicht«, ruft Degen kopfschüttelnd aus, »der Bruder von Frau Boldt ist doch schon tot. Er hieß auch ganz anders. Wenn ich mich recht erinnere, hieß er Bernd. Und noch etwas, dieser Tote von heute hatte doch gar keine Papiere bei sich. Also, woher hast du diese merkwürdige Information?«

»Mit dem jetzt Toten war ich erst vor einem Monat bei einem Lehrgang, und er hieß Peter Zander. Und er erzählte mir von seinem Bruder Bernd – dass der Bürgermeister sei und eine Menge Kohle hätte. Ich wusste damals nur nicht, dass es sich um den Bernd Zander, dem Bürgermeister von Hintertupfingen handeln würde, weil ...«

»Und wie kommst du jetzt darauf, dass der Tote von Lindemanns Wiese etwas mit dieser Frau Boldt zu tun haben könnte? Meines Erachtens hatte die nur einen Bruder, und der hieß nun mal Bernd ... es sei denn ...«, unterbricht Degen seinen Gedankengang.

»Jaaa, es sei denn?«, mischt sich jetzt Esra ein, die langsam die Nase voll hat von diesem ewigen Hin und Her. Degen wiegt seinen Kopf wie ein Uhrpendel, bevor er antwortet: »Entweder, Frau Boldt lügt uns an – oder dieser Peter Zander hat dich, lieber Moritz, damals angelogen.«

»Warum hätte er das tun sollen?«

»Vielleicht wollte er sich wichtigmachen, vielleicht war es Rache, vielleicht hatte er den Auftrag dazu – oder er stand damals schon unter Drogen?«

»Die hübsche Bäuerin könnte tatsächlich dahinterstecken«, sinniert Esra leise vor sich hin. »Sie war mir von Anfang an irgendwie suspekt.«

Die Köpfe der Männer schnellen herum. »Was sagten Sie?«, kommt es wie aus einem Munde.

Irritiert blickt Esra hoch und wiederholt: »Die hübsche Bäuerin könnte tatsächlich dahinterstecken.«

»Wie kommen Sie darauf?«, will Degen nun wissen und sieht seine Assistentin immer noch erstaunt an. Auch Moritz scheint sich zu wundern.

Esra zuckt die Achseln. »Ich weiß nicht, Chef, es ist so ein Bauchgefühl.«

»Pah, Bauchgefühl. Wenn ich das schon höre«, antwortet der Detektiv ungehalten und erhebt sich abrupt. Er geht zur Tür. Dann schaut er kurz über seine Schulter zu Esra, während er bereits die Tür öffnet. »Wir reden morgen im Büro weiter. Jetzt will ich nur noch heim und den restlichen Sonntag genießen – Sie doch sicher auch.« Ohne einen Gruß verlässt er die Wohnung. »Warte auf mich«, ruft Moritz ihm nach, gibt aber Esra noch schnell die Hand, bis auch er zur Tür hinaus ist, die lautlos ins Schloss fällt.

Esra bleibt völlig ratlos zurück.

Einerseits kann sie sich den plötzlichen Unmut ihres Chefs überhaupt nicht erklären und würde ihn gern nach dem Grund dafür fragen. Andererseits ist sie froh, endlich allein zu sein, um nun noch etwas vom restlichen Sonntag zu haben. Dafür braucht Esra jetzt eine Tasse extra starken Kaffee und ein paar Schokokekse. Dann entdeckt sie einen Zettel auf ihrem Tisch.

***

Gleich am nächsten Morgen um acht betritt Esra das Büro und wundert sich, Degen noch nicht hinter seinem Schreibtisch hocken zu sehen. Er, der doch die Pünktlichkeit in Person ist. So hatte sie ihn jedenfalls an ihrem ersten Arbeitstag erlebt. Na gut, denkt sie, dann kümmere ich mich gleich mal um diesen ominösen Zettel, und sie sucht in ihrer Tasche danach. »Nie findet man das, was man braucht«, schimpft sie vor sich hin.

»Was suchen Sie denn?«, hört sie hinter sich sagen und schnellt herum. »Chef, müssen Sie sich so anschleichen?! – hier«, und Esra hält den Zettel hoch, »ich hab ihn.«

»Wen haben Sie?« Degen schnappt sofort mit der rechten Hand nach dem Zettel.

»Den hatten Sie gestern bei mir vergessen«, sagt Esra noch, als Degen bereits mit dem Stück Papier vor ihren Augen herumwedelt, wie schon am Vortage. Esra tritt etwas zurück. »Chef, jetzt sagen Sie schon, was das Labor herausgefunden hat und spannen mich nicht weiter auf die Folter – denn, dass das ein Laborbericht ist, sieht sogar ein Blinder mit Krückstock.«

»Blinder mit Krückstock«, wiederholt Degen kopfschüttelnd. »Sie immer mit Ihren Vergleichen, aber Sie haben recht mit dem Bericht, Esra, allerdings nur zum Teil … hmm, was halten Sie von einer Tasse Kaffee? Dabei besprechen wir die Einzelheiten in Ruhe?«

»Super Idee, Chef«, und zehn Minuten später sitzt das Detektiv-Duo kaffeeschlürfend und mit hochroten Köpfen über dem Zettel gebeugt.

»Sehen Sie, Esra«, Degen deutet mit dem Finger auf den unteren Absatz der zweiten Seite des Obduktionsberichtes, »im Magen des Toten wurden mehrere Tütchen mit Rauschgift gefunden.«

»Ja, und?, davon stirbt man doch nicht gleich?« Esra sieht ihren Chef zweifelnd an.

»Wenn so ein Tütchen platzt, dann schon.«

»Verstehe, und das ist hier passiert?«

»Genau«, meint Degen lakonisch.

»Und dass Frau Boldt mit seinem Tod etwas zu tun haben könnte, auf die Idee kommt keiner?«, ruft Esra aufgebracht.

Degen winkt gelassen ab. »Ich habe da was erfahren. Peter Zander war der Halbbruder von Frau Boldt – insofern hatte sie etwas mit dem Toten zu tun, jedoch nicht mit seinem Tod.«

»Aber ...«

»Da gibt's kein Aber, Frau Kolt. Es stellte sich nämlich heraus, dass weder sie noch ihr Bruder, der Bürgermeister, mit diesem Peter Zander jemals Kontakt hatten. Sie wussten nicht einmal etwas von seiner Existenz.«

»Und das ist erwiesen?«, fragt Esra, immer noch zweifelnd.

»Ja, meine liebe Kollegin, das ist erwiesen. Und ab jetzt kümmert sich die Drogenfahndung um den Fall.«

»Soso die Drogenfahndung«, kommt es pikiert aus Esras Mund. Dabei sieht sie ihren Chef, der langsam rot anläuft, mit einem entwaffnenden Lächeln an. Degen, der gerade ärgerlich lospoltern will – denn wenn er eins nicht mag, dann sind es Widerworte – lächelt doch tatsächlich zurück.

»Noch einen Kaffee?«, fragt die Assistentin schnell,

und gießt bereits den Rest aus der Kanne in Degens Tasse. Während sich Degen dann auf den Weg zu Moritz macht, um auch mit ihm den Laborbericht zu besprechen, versucht Esra, die Akten der letzten beiden Fälle zu sortieren. Aber jedes Mal, wenn sie den Namen Boldt liest, kommen ihr erneut Zweifel …

Die Boldt läuft schon nicht weg

Esra Kolt ist anfangs sehr enttäuscht, dass ihnen der Fall mit dem toten Drogenkurier entzogen wurde. Zumal sie noch immer der festen Überzeugung ist, dass die hübsche Bäuerin tiefer in der Sache drin steckt, als alle denken. Allerdings hält ihre Enttäuschung nicht lange an. Als sie am Dienstag früh im Büro erscheint, empfängt sie ihr Chef ganz aufgekratzt. »Hallo, meine liebe Frau Kolt, setzen Sie sich, oder besser, trinken Sie erst einen Kaffee. Hier haben Sie eine Tasse, ganz frisch gebrüht – und nun hören Sie zu.« Degen lässt seine Assistentin gar nicht erst zu Wort kommen, sondern redet einfach weiter. »Schauen Sie doch mal, was ich hier habe.« Dabei tippt er energisch mit dem Finger in das Auftragsbuch. Esra kommt mit der Tasse in der Hand näher, trinkt einen Schluck und verzieht das Gesicht. Sie stellt die Tasse ab, beugt sich neugierig über das Buch, dann liest sie:

»Ab sofort ist Tag und Nacht eine Frau zu observieren, die nach Ansicht des Ehemanns fremdgeht. Und nicht nur mit einem Mann, sondern gleich mit mehreren.«

Esra schüttelt erstaunt den Kopf und meint: »Die ist ja lustig, Chef. Ich hab nicht mal *einen* und die gleich mehrere.«

»Tja Esra, manche kriegen halt nicht genug. Aber nun zur Sache. Hier haben Sie eine Kamera. Damit gehen Sie jetzt zu der Arbeitsstelle dieser Frau Anke Mannschatz und machen Fot…«

»Wie bitte? Mannschatz? … hi, hi, hi, kein Wunder, dass die so viele Männer hat. Wie viele überhaupt, Chef?«

Degen winkt ab. »So viele sind es gar nicht. Der Mann hat übertrieben. Vielleicht zwei … höchstens drei. Und ob es sich wirklich um Liebhaber handelt, wie Herr Mannschatz behauptet, ist auch noch fraglich.« Während er das sagt, stellt er sich ans Fenster und sieht hinaus. Für Esra eine Gelegenheit, schnell den ungenießbaren Kaffee ins Waschbecken zu schütten. Wie nebenbei fragt sie: »Warum denken Sie das?«, worauf sich Degen ruckartig umdreht. Für einen Moment wundert er sich, dass seine Assistentin plötzlich am Waschbecken steht und dabei die Kamera von allen Seiten beäugt, doch dann beantwortet er ihre Frage: »Weil ich vermute, dass der Ehemann seine Frau loswerden will.«

»Hm«, macht Esra nur, und ist noch immer mit dem Fotoapparat beschäftigt. Degen runzelt die Stirn. Hört sie mir überhaupt zu, überlegt er, als ihn Esra aus heiterem Himmel fragt: »Woher haben Sie denn diese Kamera, Chef? Die ist ja aus der Steinzeit!« Schon liegt das golden glänzende Teil vor Degen auf dem Tisch. »Das ist eine Penti II«, klingt es beleidigt aus seinem Mund. »Die hat sich meine Mutter 1976 in Freital gekauft, wo diese Kameras auch hergestellt wurden. Sie war damals ganz stolz, solch einen Apparat ergattert zu haben. In der DDR musste man auch dafür Beziehungen haben.«

»Soso«, machte Esra, »Aber warum haben Siiie jetzt diese Penti?«

»Vor zwei Jahren erbte ich das Teil« – »ich weiß – das ist eine Damenkamera.« Er grinst seine Assistentin verlegen an.

»Das tut mir leid, das mit Ihrer Mutter.«

»Schon gut.«

»Chef. Ich habe solch einen Fotoapparat nur noch nie gesehen. Aber jetzt noch mal zu Ihrer Vermutung.«

»Welche Vermutung?« Degen sieht sie erstaunt an.

»Na, Sie vermuten doch, dass der Ehemann seine Frau, die wir beobachten sollen, loswerden will?«

Da hat sie mir doch zugehört … Degen schmunzelt. Er antwortet: »Es ist tatsächlich nur eine Vermutung, mehr ein …«

»Sagen Sie jetzt nicht BAUCHGEFÜHL, Chef! Dann bekomme ich einen Lachkrampf.«

»Ganz genau das wollte ich sagen, Esra. Deshalb

76

gehen Sie jetzt zum Bäcker nach nebenan. Dort arbeitet Frau Mannschatz als Verkäuferin. Verwickeln Sie diese Frau in ein Gespräch. Vielleicht erfahren Sie etwas, was uns der Ehemann verschwiegen hat. Und ich überlasse es Ihrem Geschick, ordentliche Fotos zu machen.«

»Mit dem Ding hier?« Esra zeigt auf die Penti.

»Womit denn sonst, liebe Frau Kolt!«, antwortet Degen und scheint beleidigt zu sein. Jedenfalls setzt er sich demonstrativ an seinen Computer, ohne sie noch weiter zu beachten und ohne ihr zu sagen, dass er inzwischen das Internet über Karl Mannschatz ausfragen will.

»In Ordnung, Chef«, versucht Esra schulterzuckend einzulenken, schnappt sich die Kamera und verlässt das Büro genau um zehn Uhr. Kaum biegt sie um die Ecke, bessert sich ihre Laune. Sie verspürt mit einem Mal Appetit auf Kuchen. Ob ich Degen ein Stückchen Gebäck mitbringe, überlegt sie kurz, verwirft aber den Gedanken, als sie den Laden betritt, in dem sich nicht ein Kunde befindet. Nur eine junge blonde Frau steht hinter dem Tresen und lächelt ihr entgegen. Aha, das wird die Frau mit den vielen Männern sein, schießt es Esra durch den Sinn. Sie grüßt kurz und will schon ein Gespräch beginnen, als ihr Blick auf die Kuchenauslage fällt. Die Auswahl ist dermaßen vielfältig, dass Esra das Wasser im Mund zusammenläuft. Ihre eigentliche Mission vergisst sie. Die Detektivassistentin setzt sich an einen der vier Tische und hat fünf Minuten später ein großes Stück Schwarzwälder Kirschtorte mit einem Berg Schlagsahne vor sich stehen. Genüsslich isst sie zuerst die Sahne und schaufelt dann die Torte in sich hinein. Kaum ist der Teller abgekratzt, legt Esra eine Hand an die Hüfte und seufzt. Zu spät für Reue. Nun widmet sie sich dem Pott Kaffee, der ihr tausendmal besser schmeckt als die Plörre von ihrem Chef am Morgen. Punkt halb elf verlässt Esra mit einer großen Tüte Gebäck den Laden und steuert, fröhlich vor sich hin pfeifend, das Detektivbüro an. Genau in dem Moment, als ihre rechte Hand über der Türklinke schwebt, verharrt sie erschrocken in der Bewegung. Ihr wird siedend heiß. Die Kamera, denkt sie. Esra macht eine scharfe Kehrtwendung, rennt zur Bäckerei zurück und reißt die Tür auf. Langsam kommt die Verkäuferin hinter dem Tresen hervor. In der Hand hält sie eine golden farbige Kamera. Während Frau Mannschatz Esra die Penti überreicht und hämisch grinsend fragt: »Ist das Ihre?«, bringt Esra keinen Ton heraus. Sie starrt die Verkäuferin an, nickt schließlich und schnappt sich den Apparat. Fluchtartig verlässt sie das Geschäft.

Innerlich ist sie froh darüber, nur ein Foto gemacht zu haben, denn sie hat ein komisches Gefühl. Mit konfusen Gedanken stolpert sie den Fußweg entlang. Einige Passanten drehen sich kopfschüttelnd nach ihr um. Esra kriegt nichts davon mit, so sehr ist sie in ihre Grübeleien vertieft. Nicht auszudenken, wenn Frau Mannschatz das Foto entdeckt hätte. Esra erinnert sich noch gut an den Moment, als sie das Bild schoss. Die Verkäuferin befand sich im hinteren Teil des Ladens und steckte einem Mann im schwarzen Anzug einen dicken Umschlag zu. Vermutlich mit Geld. Allerdings wird Degen von nur einem Foto nicht begeistert sein. Zum Glück habe ich ja etwas Gebäck mitgebracht, überlegt sie und erkennt zu spät, dass sie die Tüte mit den Streuselschnecken in ihrer Schussligkeit auf dem Tresen liegen ließ. Auch das noch. Mit hängenden Schultern steht Esra jetzt vor dem Schreibtisch ihres Chefs, der gerade in einem Telefonat steckt. Sie hält wortlos die Kamera in der Hand. Als Degen sein Gespräch beendet hat, sagt Esra zu ihm: »Leider ist mir nur ein Foto gelungen, Chef.« Degen antwortet nicht. Er sieht seine Assistentin nur ernst an. Esra wird nervös. Wie immer in solch einem Fall, zerrt sie an ihrer Kostümjacke herum. Ausnahmsweise mal kein Kostüm in Pink, doch auch das Schwarz vertuscht ihre Schwimmringe nicht. Degen, dem ihre Unruhe auffällt, bleibt immer noch schweigsam sitzen.

»Ich weiß, Herr Degen, eine magere Ausbeute. Sie haben mehr von mir erwartet«, meint sie kleinlaut. Doch Degen schüttelt den Kopf. Schließlich sagt er: »Hab gerade erfahren, dass Herr Mannschatz verschwunden ist.«

»Wie bitte?«, platzt Esra heraus.

»Sie haben richtig gehört. Unser Auftraggeber ist weg – einfach weg.«

»Da könnte uns vielleicht dieses Foto weiterhelfen, Chef?«, sagt Esra und hält ihm die Kamera hin.

»Zeigen Sie her … Mist … geht ja gar nicht.« Degen sieht Esra schuldbewusst an. bevor er weiterspricht. »Das ist ja noch ein Apparat mit Film, daran habe ich doch gar nicht gedacht …«

»Tja, Herr Degen, ich sagte ja eine *Kamera aus der Steinzeit*. Die heutigen sind viel besser.«

»Danke, Frau Kolt, sehr aufmunternd. Und nun?«

»Soll ich meine Kamera holen?«

Degen schaut Esra nachdenklich an, schüttelt den Kopf, dann nimmt er den Hörer in die Hand und wählt eine Nummer.

Moritz, denkt Esra, und liegt total richtig mit ihrer Vermutung. Es dauert auch nicht lange, da kommt er schon hereingeschneit, nimmt ohne Kommentar die Penti entgegen und ist gleich wieder verschwunden.

»Was hat der denn jetzt damit vor?«, fragt Esra erstaunt.

»Moritz besitzt eine eigene Dunkelkammer. Wir bekommen noch heute das Foto. Bis dahin können wir ja etwas tun.« Warum nicht, denkt Esra und tippt sofort den Bericht von der Bäuerin ab. Degen macht sich derweil über die Auswertung des letzten Falles her. Das Detektivgespann arbeitet still vor sich hin. Niemand stört sie – kein Telefon, kein Klient. Nur das Müllauto auf der Straße macht kurz etwas Krach. Irgendwann sieht Esra von der PC-Tastatur auf, reibt sich die Hände und fragt: »Chef, es ist bereits um vier, wo bleibt denn nun Ihr Moritz?«

»Was heißt mein Moritz«, antwortet Degen etwas mürrisch, schließt sein Wordprogramm und sagt: »Fertig.«

Erst jetzt wirft er einen Blick auf die Wanduhr. Tatsächlich, schon so spät. Er wiegt seinen Kopf hin und her. Dann sieht er seine Assistentin ratlos an. »Ich verstehe das auch nicht. Er wollte doch um fünfzehn Uhr schon hier sein?«

»Was machen wir, Chef? Warten, oder soll ich diese Frau Mannschatz weiter beschatten? Dafür brauche ich allerdings meine Digi, aber ...«

»Ihre was?«, unterbricht Degen sie.

Esra seufzt. »Na, meine Digitalkamera. Wäre sowieso besser. Da sehen wir die Fotos gleich.«

»Okay Esra, Sie haben ja recht. Dann zeigen Sie mal das gute Stück.« Aufgeregt stellt er sich neben seine Kollegin.

»Die Kamera habe ich nicht hier, sie ist bei mir zu Hause. Ich muss sie erst holen.«

»Ach so!« Degen klingt enttäuscht. Er setzt sich wieder und schnauft. Dann meint er: »In Ordnung, holen Sie Ihre Kamera und ich warte hier auf Moritz.«

Bevor Degen womöglich seine Meinung ändern könnte, ist Esra schnell zur Tür hinaus, schnappt sich ihr Rad aus dem Fahrradständer und radelt wie eine Besessene davon.

Genau um 16:20 Uhr verlässt Esra Kolt ihre Wohnung wieder. Sie hängt sich gerade ihre Tasche über die Schulter und setzt sich aufs Fahrrad, als ihr Handy klingelt.

»Ja, was ist? … nein, das ist unmöglich … na gut, bin gleich da.« Zehn Minuten nach diesem Telefonat stellt Esra ihr Rad ab, holt Schwung und nimmt die drei Stufen bis zur Bürotür mit einem Satz, was bei ihren kurzen Beinen nicht so einfach ist. Immer noch nach Luft japsend steht sie dann im Büro der Detektei. Degen sitzt mit verschränkten Armen und ausdruckslosen Augen hinterm Schreibtisch. Moritz steht daneben. Er kommt auf Esra zu und drückt ihr die Penti in die Hand.

Ohne die Miene zu verziehen meint er: »Da ist kein Film drin.«

Esra zuckt mit den Schultern und lässt einen vorwurfsvollen Blick sofort zu Degen wandern. Doch der hebt beide Hände, steht auf und grummelt: »Ich weiß genau, dass ich einen Film reingemacht hatte.«

»Sicher?«, will Esra wissen.

»Ganz sicher«, antwortet der Detektiv und sieht seine Assistentin jetzt auch vorwurfsvoll an. Er läuft unruhig im Zimmer auf und ab.

Esra räuspert sich. »Dann gibt es nur noch eine Möglichkeit«, sagt sie leise. Dabei sieht sie von einem zum anderen.

»Und welche?«, fragen die Männer gleichzeitig.

Wie begriffsstutzig muss man sein, wundert sich Esra, bevor sie langsam antwortet: »Diese Frau Mannschatz – nur sie kann den Film rausgenommen haben.«

Stille. – Degen, der noch immer unruhig auf und ab läuft, reagiert zuerst. »Genau, Sie hatten doch meine Kamera in Ihrer Zerstreutheit in dem Bäckerladen liegen lassen!«

Degen bleibt breitbeinig vor seiner Mitarbeiterin

stehen. Dabei sieht er sie von oben herab durchdringend an. Esra holt Luft und will gerade etwas entgegnen, da winkt Degen energisch ab und schimpft: »Kommen Sie mir jetzt nicht mit Ihrer Digitalkamera, dass die besser gewesen wäre.«

Esra öffnet bereits den Mund, um zu antworten, doch Degens rudernde Handbewegung lässt sie schweigen.

»Fotos kann man löschen, daran schon gedacht?«, blafft er sie zornig an, »und, wenn sie Zeit hatte, den Film zu entfernen, wäre ihr auch das gelungen.« Er dreht sich um und läuft wieder hin und her.

»Eins zu null für Sie, Chef«, ruft Esra und springt plötzlich auf Moritz zu, der sich grinsend auf dem Sofa breitgemacht hat. Beide Hände in die Hüften gestemmt bleibt sie vor ihm stehen und funkelt ihn zornig an. »Weshalb ließen Sie uns eigentlich so viele Stunden auf das entwickelte Foto warten? Dass kein Film im Apparat war, hätten Sie uns doch schon viel eher mitteilen können?«

Moritz grinst noch immer. Er bleibt sitzen, holt eine Digitalkamera aus seiner Jackentasche und sagt: »Kommt mal beide her.« Degen und Esra schauen sich an und setzen sich rechts und links neben Moritz auf das Sofa. Neugierig betrachten sie nacheinander die fünf Fotos im Display.

»Wann hast du die gemacht?«, will Degen von seinem Kumpel wissen.

»Wann ich die gemacht hab? Ganz einfach. Nachdem ich deine Kamera geholt hatte, kam ich an der Bäckerei vorbei. Ich bekam Hunger und setzte mich für eine halbe Stunde bei Kaffee und Kuchen rein. Ich wollte gerade zahlen, da kam eine, für meine Begriffe etwas windige, Gestalt in den Laden. Der Mann ging mit der Verkäuferin nach hinten. Als sie nach fünf Minuten immer noch nicht zu sehen waren, schlich ich ihnen nach. Und ich konnte diese Fotos machen.«

»Warum nicht mit meinem Apparat?«

»Zufall, Glück? Als ich in meine Jackentasche griff, holte ich statt deiner meine Kamera heraus. Es musste schnell gehen.«

»Schon gut«, meint Degen. Er klopft Moritz anerkennend auf die Schulter. »Im Grunde genommen hätte es auch nichts gebracht, da in meinem Apparat der Film fehlte – auch wenn du das zu dem Zeitpunkt noch nicht wusstest – aber zeig nochmal her.«

Doch Esra ist schneller. Sie greift vor ihm nach der Kamera, kneift die Augen zusammen und schüttelt den Kopf.

»Dieser Mann hier ist zwar nur von hinten zu sehen«, sie zögert, »jedoch ist es ein anderer. Dem die Mannschatz den Umschlag zugesteckt hatte, der war groß, untersetzt, mit Brille und hatte einen schwarzen Anzug. Der hier hat weder Brille noch einen Anzug – hm, er ist ja auch nackt.«

Esra wendet sich an Moritz: »Haben die Sie gar nicht bemerkt?«

»Nein, die waren total mit sich beschäftigt«, sagt Moritz grinsend. Er nimmt den Apparat wieder an sich, um ihn in seiner Tasche zu verstauen.

»Und, dieser Mann hier … Moritz, geben Sie mir bitte die Fotokarte, das ist schließlich Beweismaterial«, fordert Esra mit ausgestreckter Hand Degens Kumpel auf.

»Dieser Mann hier ist ebenfalls groß, aber er ist auch zierlich – jedenfalls nicht der Mann von heute Morgen.«

Degen, der die ganze Zeit geschwiegen hat, meint nun: »In dem Umschlag könnte Geld gewesen sein. Vielleicht ist deshalb der Ehemann verschwunden? Hmm … und meine Vermutung, dass der Ehemann seine Frau loswerden will, stimmt wohl nicht ganz. Es scheint umgekehrt zu sein?«

Degen kratzt sich nervös am Kopf. Esra, die sich inzwischen die Fotoharte in ihre Kamera gesteckt hat, springt mit einem Mal auf.

»Herr Degen«, ruft sie echauffiert, »ich hab's – wusste ich es doch, dass diese Frau Boldt irgendwann wieder auftaucht.«

»Frau Boldt?«, Degen reißt erstaunt die Augen auf. »Wie kommen Sie darauf? Frau Boldt ist doch in U-Haft.«

»Nein Chef, ist sie vermutlich nicht. Sehen Sie sich dieses Foto an.«

Degen nimmt ihr die Kamera aus der Hand, geht mit den Augen ganz dicht heran, schüttelt den Kopf und sagt: »Also, ich sehe nichts.«

»Dann brauchen Sie eine Brille, Chef, geben Sie noch mal her. Hier am Hals sind deutlich die drei Leberflecke zu erkennen. Die fielen mir bereits auf, als Frau Boldt bewusstlos mit dem Kopf auf ihrem Schreibtisch lag – erinnern Sie sich nicht? Es war mein erster Arbeitstag, und hier«, Esra tippt energisch mit dem Zeigefinger auf das Bild, »sie sind wie ein Dreieck angeordnet – schauen Sie doch hin.«

Ich brauche ganz bestimmt keine Brille, denkt Degen ärgerlich und murmelt: »Da brauche ich nicht hinzuschauen, das kann nicht sein – unmöglich Frau Kolt!«, doch im gleichen Moment hält er sich die Kamera wieder dicht vor seine Augen, schüttelt erneut den Kopf und sagt: »Also ich kann nur zwei Leberflecke erkennen.« Esra will gerade etwas erwidern, als Degen plötzlich meint: »Das würde ja bedeuten …«

»Genau, Herr Degen, diese Frau Boldt ist lesbisch. Frau Mannschatz anscheinend auch … Moment, oder sollte Frau Boldt eine … nein, das wäre zu abwegig …«, sinniert Esra weiter vor sich hin. Sie fährt sich dabei nachdenklich mit gespreizten Fingern durch ihr rotes Haar.

»Was wäre zu abwegig?«, fragt der Detektiv – jetzt schon mit mehr Interesse.

»Ich überlege, ob die kriminelle Bäuerin womöglich eine Zwillingsschwester hat …«

»Zwillingsschwester? Wo soll die denn plötzlich herkommen … obwohl, so abwegig ist der Gedanke gar nicht …«, Degen kräuselt die Lippen. »Das würde ja bedeuten dass Frau Boldt und Frau Mannschatz Zwillinge …«

»Könnte sein, Chef, aber ich vermute was anderes.«

»Und was?«

»Sagten Sie nicht, Frau Boldt sei in U-Haft?«

»Davon gehe ich aus, werte Kollegin.«

»Wenn das so ist, könnte doch Frau Mannschatz mit der Zwillingsschwester von Frau Boldt leiert sein?« Esra zwinkert nervös, so dass ihre buschigen Augenbrauen auf und ab wippen. Degen verkneift sich ein Grinsen. Da sagt Esra auch schon: »Das ist nur ein Verdacht.«

»Hmmm, nun scheint sich das Blatt zu wenden«,

ist Moritz zu vernehmen, der die ganze Zeit geschwiegen hat. »Ich denke, das ist jetzt wirklich Sache der Polizei.«

»Ja, ja«, brummelt Degen kopfschüttelnd, »vorher recherchieren wir noch ein klein wenig selber. Mit Vermutungen können wir gar nichts ausrichten. Wir brauchen Beweise. Deshalb werden wir das Foto am Computer vergrößern – das machst am besten du, Moritz, aber dafür lass dir deine Fotokarte wiedergeben«, und sein Blick wandert zu Esra.

Sie nimmt auch sofort den Chip aus ihrer Kamera und gibt ihn Moritz. Dann steckt sie die eigene Karte wieder in ihren Apparat zurück.

»Sehr gut«, fährt Degen fort und nickt zufrieden. »Und Sie, Frau Kolt, observieren weiterhin die Bäckersfrau, und ...«, er hebt die Stimme, »diesmal die Kamera nicht wieder liegenlassen.«

Esra läuft rot an. Damit die Männer ihre Verlegenheit nicht mitbekommen, geht sie rasch zur Tür, öffnet diese und dreht sich nicht um, während sie fragt: »Und, Chef, was machen Sie in der Zeit?«

»Ich? Ich erkundige mich bei der Justitz-Vollzugs-Anstalt nach unserer Frau Boldt. Schließlich wollen wir doch sicher gehen, dass die zweifache Mörderin tatsächlich einsitzt.« Dabei zwinkert Degen Moritz zu und folgt seiner Assistentin nach draußen. An der Tür wartet er noch, bis Moritz endlich seine Siebensachen zusammengepackt hat und schließt nach ihm das Büro ab. Während Esra zur Bäckerei stiefelt, steigt Moritz zu Degen ins Auto. Nach wenigen Metern hält der Detektiv an, lässt seinen Kumpel aussteigen und ruft ihm zu: »Geh zu Esra in die Bäckerei und hilf ihr, ach, und gib mir später Bescheid, oder besser, komme bei mir vorbei – wenn's geht, noch heute!«

Bevor Degen weiter in Richtung Gefängnis fährt, ruft er noch schnell bei der Polizei an. Enttäuscht legt er nach zwei Minuten auf. Noch immer keine Spur von Karl Mannschatz. Wo steckt dieser Kerl nur? Degen fährt langsam los, aber Sekunden später bremst er, wendet und murmelt dabei: »Nein, nicht zur JVA, die Boldt läuft schon nicht weg.«

Kommissar Papenbruch funkt dazwischen

Das Detektiv-Duo ist die nächsten zwei Wochen rund um die Uhr beschäftigt. Sogar Moritz mischt tüchtig mit, obwohl er doch bei der Polizei beschäftigt ist. Er hat sich an diesem neuen Fall regelrecht festgebissen, so dass er mehr Zeit in der Kanzlei *Degen und Ko* verbringt, als bei seiner eigentlichen Arbeitsstelle. Sein Vorgesetzter drohte ihm bereits mit einer Abmahnung, wenn er weiterhin mit Abwesenheit glänzt. Das scheint der junge Mann letztendlich in Kauf nehmen zu wollen. Als Moritz nämlich vor einem Jahr seine Tätigkeit als forensischer Mitarbeiter beim Gericht aufgab, hatte man ihm bei der Kriminalpolizei einen verantwortungsvollen Posten in Aussicht gestellt, den dann ein anderer bekam. Seitdem ist Moritz über Archiv- und Schreibarbeiten nicht hinaus gekommen. Sein eigentliches Können wird vollkommen ignoriert. »Dafür war ich nicht auf der Polizeischule«, wirft er Kommissar Papenbruch an den Kopf, weil dieser ihn wieder mal kritisiert, das Archiv zu vernachlässigen. Als Moritz dann noch sagt: „Machen Sie das Archiv doch alleine, wenn Sie alles besser können!«, ist das für seinen Chef die Gelegenheit, seinem *vorlauten* Kollegen eine Abmahnung zu erteilen.

»Ach, wissen Sie was, Herr Papenbruch, ich habe

noch so viele Überstunden, die bummle ich jetzt einfach ab.« Ehe sich der Kommissar versieht, hat Moritz das Büro verlassen. Durch das Fenster beobachtet Papenbruch, wie sich sein junger Mitarbeiter aufs Fahrrad schwingt und davon fährt. Einerseits ärgert er sich über das vorlaute Verhalten seines Angestellten, andererseits möchte er auf Moritz nicht verzichten, und er überlegt, ihm endlich den versprochenen verantwortungsvollen Posten zu geben. Doch dann hat er ein Problem. Er braucht jemanden für das Archiv. Papenbruch strafft seine Schultern und setzt sich an den Computer. Jetzt heißt es, Nägel mit Köpfen zu machen. Zuerst verfasst er eine Zeitungsannonce, dann ruft er das Arbeitsamt an.

Weil der Fall Mannschatz immer undurchsichtiger wird, ist Detektiv Degen dankbar dafür, vorübergehend Kumpel Moritz mit seinem reichhaltigen Wissen an seiner Seite zu haben. Als dann auch noch Frau Mannschatz wie vom Erdboden verschwindet und nicht einmal ihr Arbeitgeber sagen kann, wo sie steckt, schickt er Moritz in die Spur. Selber heftet er sich an die Fersen der vermeintlichen Zwillingsschwester von Frau Boldt und zwar in dem Moment, als sie in ein Taxi steigt. Er fährt hinterher. Vor dem Gefängnis hält das Taxi, die Frau steigt aus, geht ans Tor und klingelt. Degen kann nur warten. Nach einer Stunde kommt die Frau wieder heraus. Eilig läuft sie mit hochgeschlagenem Mantelkragen davon. Da der Detektiv allmählich auch glaubt, dass die hübsche Bäuerin mehr mit der Sache zu tun hat, als bisher von ihm angenommen, fährt er ihr langsam hinterher. Seine Assistentin scheint den richtigen Riecher gehabt zu haben. Degen schaut auf seine Uhr. Er weiß, dass in fünf Minuten ein Bus Richtung Bahnhof fährt. Er murmelt vor sich hin: »Ich muss verhindern, dass sie mir womöglich entwischt«, und gibt Gas. Als er fast auf gleicher Höhe mit der Frau ist, überholt ihn ein Polizeiauto, bremst und hält neben der Frau an. Der Fahrer öffnet die Tür und die Frau steigt ein.

Degen ist so perplex, dass er völlig vergisst, dem Wagen zu folgen.

»Zu spät«, stöhnt er. Dann haut sich der Detektiv mit der Hand an die Stirn – er weiß jetzt, wer ihm dazwischengefunkt hat.

Die Verwandlung

Wer Esra heute, sechs Monate nach ihrem ersten Arbeitstag sieht, erkennt sie kaum wieder. Aus ihr ist mittlerweile eine hübsche Frau geworden. Keine buschigen Augenbrauen und kein Damenbart mehr – dank einer Kosmetikerin, die auch noch die Schwester von Moritz ist. Weil Esra auch an Gewicht verloren hat, passen ihr die bisherigen Klamotten nicht mehr. Also musste sie sich frisch einkleiden. Ihre neue, sehr moderne Garderobe besteht vorwiegend aus Hosenanzügen und Kostümen in den unterschiedlichsten Mustern, allerdings nicht mehr in der schrägen Farbe Pink.

Für diese Verwandlung gibt es einen triftigen Grund. Er heißt: Moritz.

Am 1. November trafen sich die Beiden beim Joggen. Natürlich rein zufällig und in der Nähe von Lindemanns Wiese. Von da an joggen sie gemeinsam. Jede freie Minute nutzen sie dafür. Bei Moritz hat das Laufen ebenfalls deutliche Spuren hinterlassen, er ist wesentlich schlanker geworden. Degen jedoch findet für sportliche Aktivitäten kaum noch Zeit, seit er diese nur noch mit Frau Dr. Gerner verbringt. Einerseits muss er ja nicht abnehmen, denn er ist schlank genug, und andererseits hat er immer eine Ärztin in der Nähe, falls er mal schwächeln sollte. Immerhin hat er schon die

Fünfzig überschritten, und die Ärztin ist erst Dreißig. Sie hat übrigens die Absicht, erneut an dem Projekt *Entwicklungshilfe für Afrika* teilzunehmen. Seit Degen das erste Mal davon erfahren hatte, trug er sich mit dem Gedanken, Frau Dr. Gerner nach Afrika zu begleiten. Als sie ihn dann endlich fragt, ob er bei dem Projekt dabei sein möchte, ist er überglücklich und sagt sofort zu. Für die Zeit seiner Abwesenheit hat er Esra Kolt die Vertretung übertragen. Auf seine Assistentin kann er sich verlassen, auf sie möchte er nicht mehr verzichten. Sie hat ein feines Gespür und liegt meistens richtig mit ihren Vermutungen. Auch im Fall von Boldt und Mannschatz. Obwohl er von Vermutungen, also dem sogenannten Bauchgefühl, nicht viel hält.

Degen geht nach Afrika

»Ich bin doch nur ein paar Monate weg, meine liebe Frau Kolt, das ist doch gar nichts. Sie schaffen das schon, und« - er hält kurz inne – »Moritz ist sicher für Sie da, wenn Sie mal Hilfe brauchen.«
Esra, die gerade am Kaffeeautomaten hantiert, sagt empört: »Herr Degen, was denken Sie denn. Natürlich schaffe ich das. Das wäre doch gelacht.«
Sie bringt zwei Tassen mit dem dampfenden Getränk an den Tisch und nimmt ihrem Chef gegenüber auf dem Drehstuhl Platz.
»Dass Karl Mannschatz tatsächlich die Absicht hatte, seine Frau loszuwerden, wollte ich anfangs nicht glauben«, sagt Degen unvermittelt und nippt vorsichtig an seinem Kaffee. Esra trinkt auch einen Schluck. Dabei sieht sie Degen verblüfft an und fragt: »Wie kommen Sie jetzt darauf?« Dann holt sie Schwung, dreht sich einmal und meint: »Vielleicht wollte er das auch gar nicht, Chef, aber als er davon erfuhr, dass sich seine Frau von ihm trennen will, dazu noch wegen einer Frau, brachte ihn das wahrscheinlich auf die Idee? Außerdem war er doch selber in diese andere Frau verliebt, also in Frau Boldt. Allein der Gedanke und die Vorstellung, dass er mit einer Lesbe im Bett war, hatten sicher damit zu tun. Oder was meinen Sie, Chef?«
Degen scheint zu überlegen, doch plötzlich fragt

er: »Esra, haben wir noch Kekse da?«

»Aber natürlich«, und schon stellt sie eine Schale mit Schokokeksen auf den Tisch.

Degen bedient sich sogleich und antwortet nun auf Esras Frage. »Ich sehe das wie Sie, werte Kollegin, aber dass Marita Boldt – um die geht es ja hier – bereits zwei Männer auf dem Gewissen hat, wusste Karl Mannschatz zum Beispiel nicht.«

»Sicher nicht, denn ich kann mir nicht denken, dass er sich in dem Fall mit ihr eingelassen hätte. Auch nicht, wenn er gewusst hätte, dass sie nur auf sein Geld aus war, um sich dann gemeinsam mit seiner Frau Anke aus dem Staub zu machen«, zwitschert Esra und nimmt sich erneut einen Schokokeks.

»Das kann ich mir auch nicht vorstellen – doch irgendwann muss er davon Wind bekommen haben?«, sagt Degen nachdenklich.

»Vermute ich auch.« Esra zieht die Stirn in Falten, bevor sie weiterspricht. »Was kurios ist, Chef, dass die beiden Frauen nicht ahnten, dass Karl gar kein Geld besaß. Er hatte sich vor Anke nur immer mit einem großen Gewinn gebrüstet, den er angeblich in Aktien gesteckt hätte. Während eines Schäferstündchens verriet Anke Mannschatz das wohl ihrer Freundin Marita.«

»Genau, Esra, so muss es gewesen sein. Und um

an das Geld zu gelangen, brauchten die Frauen einen Plan.«

Degen lehnt sich zurück und sieht Esra augenzwinkernd an, bevor er weiterspricht: »Jetzt kommt Ihre These von der Zwillingsschwester ins Spiel. Marita Boldt hatte jahrelang keinen Kontakt zu Nora Zander, weil sich diese nicht mit Maritas Mann abfinden konnte. War sie schließlich selbst mal in Herrmann verliebt. Ja, so ist das manchmal.« Degen trinkt einen Schluck. Dann beugt er sich etwas vor und fragt leise: »Frau Kolt, wie kam es eigentlich zu dem Zusammentreffen der beiden Schwestern? Ich erinnere mich nur schwach.«

»Das weiß ich noch ganz genau. Als Frau Boldt wegen ihrer zweifachen Mordsache von der Polizei verhört wurde, und das auch noch von Kommissar Papenbruch, begegneten sich die Schwestern. Nora Zander wollte Papenbruch von der Arbeit abholen.«

»Wieso das denn? – Ach ja, jetzt fällt es mir wieder ein«, unterbricht Degen seine Kollegin. »Dass ausgerechnet Kommissar Papenbruch ein Verhältnis mit Nora Zander hatte, konnten wir nicht ahnen. Diesen Umstand machte sich Frau Boldt zunutze. Außerdem hatte ihr Nora Zander die Sache mit Herrmann inzwischen vergeben, da er ja nicht mehr unter den Lebenden weilt. So ließ sich die

Zwillingsschwester Nora dazu überreden, für Marita ins Gefängnis zu gehen, wenn diese wieder mit Anke Mannschatz zusammen sein wollte.«

Esra nickt zustimmend und schenkt ihrem Chef und sich noch etwas Kaffee nach.

»Und wissen Sie, Esra, wie froh ich war, als Karl Mannschatz von selbst wieder auftauchte und sich der Polizei stellte?«

»Und ich erst, Chef«, sagt sie und nimmt sich einen Keks.

»Er war auch gar nicht verschwunden«, fuhr Degen fort. »Er öffnete uns einfach nicht die Tür, wenn wir bei ihm klingelten.«

»Und warum dann der Sinneswandel?«, will Esra wissen.

»Keine Ahnung«, Degen zuckt die Schultern, »vielleicht aus schlechtem Gewissen, wer weiß?«

»Und anfangs dachten wir doch, dass Herr Mannschatz seine Frau entführen ließ?«, fragt Esra.

»Genau«, bestätigt Degen, »doch das war nur Taktik der beiden Lesben. Sie wollten alles dem armen Karl in die Schuhe schieben. So wären sie ihn ganz einfach losgeworden. Dabei hielt sich Frau Mannschatz im gemeinsamen Ferienhaus in Thüringen versteckt.«

Esra muss unwillkürlich grinsen. »Sie hatte nicht damit gerechnet, dass ihr Mann uns den entscheidenden Tipp geben würde.«

»Tja, Frau Kolt, zum Glück sitzt Frau Boldt nun endlich hinter Gittern, und ihre Zwillingsschwester darf sich auch auf ein Gerichtsverfahren freuen. Sie befindet sich zurzeit in U-Haft, aber in einer anderen Stadt.«

»Hi hi, damit die Schwestern keinen Unfug mehr treiben können.« - Esra sieht Degen nachdenklich an, bevor sie ihn fragt: »Wissen Sie, was auch merkwürdig ist?«

»Was?«, Degen knabbert an einem Keks.

»Zuerst bringt Frau Boldt ihren Mann um, weil er ihr keine Kinder schenken konnte und schwul war? Und mit einem Mal hat sie auch das Ufer gewechselt. Ist doch irre komisch.«

»Hmm, Sie haben recht, das ist mir noch gar nicht in den Sinn gekommen ... darüber sollten wir unbedingt reden, wenn ich wieder da bin.«

»Esra nickt. »Und nicht nur reden, Chef, ich werde während Ihrer Abwesenheit schon mal recherchieren – aber noch etwas beschäftigt mich, was ist eigentlich mit Kommissar Papenbruch? Hat er nicht der Nora Zander in gewisser Weise geholfen?«

»Schon, ihm war jedoch nichts nachzuweisen, und dass er mit ihr ein Verhältnis hatte, ist nicht strafbar.«

»Trotzdem Herr Degen, irgendwie müssen wir der Sache noch mal auf den Grund gehen. Erinnern Sie sich an das Foto mit dem Mann aus dem Bäckerladen, dem Frau Mannschatz einen Umschlag zugesteckt hat, vermutlich mit Geld?«

»Welches Foto? Und was hat das mit Papenbruch zu tun?«

»Das werden Sie gleich sehen. Ich meine das Foto, welches ich mit Ihrer Steinzeit-Kamera gemacht hatte.«

»Ach das, was dann nichts geworden ist, wegen Ihrer Schussligkeit. Was ist damit?«

»Moritz hat etwas herausbekommen, und zwar, dass der Mann, den ich fotografiert hatte, in der JVA beschäftigt ist, und zwar als Schließer.« Esra macht eine Pause, um ihre Worte wirken zu lassen. Ihr Blick zu Degen lässt sie schmunzeln, denn sein einziges Interesse scheint ihren Keksen zu gelten.

Esra macht wieder eine Drehung mit ihrem Stuhl. Dann spricht sie weiter. »Dieser Mann also hat den Zwillingen geholfen, ihre Identität zu tauschen, und damit meine ich nicht nur ihren Ausweis, sondern auch ihre Kleidung. So gelang es Frau Boldt, unbemerkt das Gefängnis zu verlassen. Auch an dem besagten Tag, als sie Ihnen entwischte, Chef. Und was sagen Sie dazu?«

Vor dem geistigem Auge des Detektivs erscheint

für einen kurzen Moment wieder das Polizeiauto von Kommissar Papenbruch, welches ihn dann zu seinem Ärger abgehängt hatte.

Degen blinzelt kurz. Dann schaut er auf seine Uhr, trinkt den Kaffee aus und erhebt sich. »Liebe Kollegin, es tut mir leid, aber ich muss endlich los. Elke wartet sicher schon auf mich.«

»Elke?« Esra sieht Degen irritiert an.

»Na Frau Doktor Gerner, hmm, wir duzen uns seit kurzem«, antwortet er und nestelt verlegen an seiner Krawatte herum.

»Sie lenken ab Herr Degen – nur noch eins – ganz auf die Schnelle. Nun setzten Sie sich noch mal, Sie machen mich ganz nervös!« Degen setzt sich widerwillig.

»Also hören Sie: genau an dem besagten Tag wollte Frau Boldt zum Bahnhof gebracht werden. Papenbruch war felsenfest davon überzeugt, seine Freundin Nora vom Gefängnis abgeholt zu haben. Er ahnte wohl nicht, dass es sich bei seiner Beifahrerin um die kriminelle Schwester handelte. Behauptet er jedenfalls. Immerhin hatte Nora keine blonden, sondern braune Haare, hmmm, aber es gibt ja Perücken. So wie ich von Moritz erfuhr – das muss er Ihnen aber auch erzählt haben, ach egal – brachte Papenbuch unsere Mörderin statt seine Nora zum Zug nach Thüringen, wo ein paar

Tage später das Lesben-Pärchen verhaftet wurde.«

»Sehr schön, Frau Kolt, aber jetzt muss ich wirklich gehen. Wir bereden das alles, wenn ich wieder da bin.« Degen reicht Esra die Hand und verspricht ihr, sich öfter bei ihr zu melden.

»Verstehe, sie haben es eilig. Dann wünsche ich Ihnen bei Ihrer Mission viel Erfolg und kommen Sie gesund wieder. Grüßen Sie mir Elke – äh, Frau Doktor Gerner.«

Esra Kolt ist froh, endlich allein im Büro zu sein. Trotzdem ruft sie Moritz an. Sie braucht jetzt eine Joggingrunde.

***

So ganz nebenbei erfährt Esra noch, dass ihr Vater eines natürlichen Todes gestorben ist. Er war schon immer ein Workaholic, und genau das wurde ihm zum Verhängnis. Eines Tages fiel er einfach während eines Polizeieinsatzes um. Da Esras Mutter nun Klarheit über den Tod ihres Ex-Mannes hat, fragt sie nicht mehr, ob ihre Tochter wieder zu ihr zurückkommt. Esra kann unbeschwert weiter ihrer Arbeit als Detektivassistentin nachgehen. Das empfindet sie als wahres Glück, weil der kleine Ort, in den es sie ja mehr durch Zufall verschlagen hatte, ihr immer vertrauter wird. Allmählich fühlt sich Esra in Hintertupfingen gar nicht mehr wie in Hintertupfingen, nicht mal mehr wie in Kleinkleckersdorf, wie ihre Mutter scherzhaft diesen Ort nennt. Und bis Degen von seiner Afrikatour zurück ist, hält sie die Stellung, wenn ihre Arbeit zurzeit auch nur aus Akten ordnen besteht. »Hier passiert sowieso nichts«, grummelt Esra vor sich hin, als plötzlich das Telefon klingelt. Irritiert nimmt sie den Hörer ab und lauscht hinein. Schließlich ruft die Detektivassistentin: »Bleiben Sie wo Sie sind, ich bin gleich da«, und legt auf. Das kann ja heiter werden, denkt sie noch beim Verlassen des Büros, setzt sich auf ihren Drahtesel und radelt davon.

Anmerkung der Autorin

Mit ›Kolt und Degen‹ habe ich mich zum ersten Mal an einen Krimi gewagt. Die Geschichte von Esra Kolt und Waldemar Degen soll ein Kurzkrimi bleiben. Eine Fortsetzung ist nicht geplant, obwohl sich schon ein vierter Fall andeutet.

Wenn Sie, liebe Leserin und lieber Leser, doch noch mehr über das Detektiv-Duo erfahren wollen, so schreiben Sie mir bitte.

Sollte Ihnen dieser Kurzkrimi gefallen und auch Spaß bereitet haben, dann ist es mir gelungen, meine Leserschaft zu unterhalten.

Ich würde mich über Ihre Meinungen freuen, und auch Kritik nehme ich sehr gerne an, denn man lernt ja nie aus.

Sie erreichen mich über meine E-Mail-Adresse:
elfride-stehle@gmx.de

Ihre Elfride Stehle.

Meine aktuellen Bücher